AF453899

L'ESTOVRDY

OV LES

CONTRE-TEMPS,

comedie.

REPRESENTÉE SVR LE

Theatre du Palais Royal.

Par I. B. P. MOLIERE.

A PARIS,

Chez GABRIEL QVINET, au
Palais, dans la Galerie des Prifonniers,
à l'Ange Gabriel.

M. DC. LXIII.

AVEC PRIVILEGE DV ROY.

ACTEURS.

LELIE, fils de Pandolfe.
CELIE, efclaue de Trufaldin.
MASCARILLE, valet de Lelie.
HYPOLITE, fille d'Anfelme.
ANSELME, vieillard.
TRVFALDIN, vieillard.
PANDOLFE, vieillard.
LEANDRE, fils de famille.
ANDRES, crû Egyptien.
ERGASTE, valet.
VN COVRRIER.
Deux Trouppes de Mafques.

La Scene eft a Meffine.

L'ESTOVRDY

OV

LES CONTRETEMPS

COMEDIE

ACTE I.

SCENE PREMIERE.

LELIE.

É bien! Leandre, hé bien! il faudra contester;
Nous verrons de nous deux qui pourra l'emporter;
Qui dans nos foins communs pour ce ieune miracle,
Aux vœux de fon riual portera plus d'obftacle.
Preparez vos efforts, & vous defendez bien,
Seur que de mon cofté ie n'efpargneray rien.

SCENE II.

Lelie, Mafcarille.

LELIE.

Ah! Mafcarille.

MASCARILLE.

Quoy?

LELIE,

Voicy bien des affaires ;
I'ay dans ma paſſion toutes choſes contraires :
Leandre ayme Celie, &, par vn trait fatal,
Malgré mon changement, eſt toûjours mon riual.

MASCARILLE!

Leandre ayme Celie !

LELIE.

Il l'adore, te dis–ie.

MASCARILLE,

Tant pis.

LELIE.

Hé ! ouy, tant pis, c'eſt là ce qui m'afflige.
Toutefois i'aurois tort de me deſeſperer,
Puis que i'ay ton ſecours ie puis me r'aſſeurer ;
Ie ſçay que ton eſprit en intrigues fertile,
N'a iamais rien trouué qui luy fuſt difficile,
Qu'on te peut appeller le Roy des ſeruiteurs,
Et qu'en toute la terre...

MASCARILLE.

Hé, tréue de douceurs.
Quand nous faiſons beſoin nous autres miſerables,
Nous ſommes les cheris & les incomparables,
Et dans vn autre temps, dés le moindre courroux,
Nous ſommes les coquins qu'il faut roüer de coups.

LELIE.

Ma foy, tu me fais tort auec cette inueƈtive ;
Mais enfin diſcourons vn peu de ma captiue,
Dy ſi les plus cruels & plus durs ſentimens
Ont rien d'impenetrable à des traits ſi charmans :

Pour moy, dans ſes diſcours, comme dans ſon viſage,
Ie voy pour ſa naiſſance vn noble témoignage,
Et ie croy que le Ciel dedans vn rang ſi bas,
Cache ſon origine, & ne l'en tire pas.

MASCARILLE.

Vous eſtes romaneſque auecque vos chimeres ;
Mais que fera Pandolfe en toutes ces affaires,
C'eſt, Monſieur, voſtre pere, au moins à ce qu'il dit.
Vous ſçauez que ſa bile aſſez ſouuent s'aigrit.
Qu'il peſte contre vous d'vne belle maniere.
Quand vos deportemens luy bleſſent la viſiere :
Il eſt auec Anſelme en parole pour vous,
Que de ſon Hypolite on vous fera l'eſpoux.
S'imaginant que c'eſt dans le ſeul mariage,
Qu'il pourra rencontrer dequoy vous faire ſage.
Et s'il vient à ſçauoir que rebutant ſon choix
D'vn objet inconnu vous receuez les lois,
Que de ce fol amour la fatale puiſſance
Vous ſouſtrait au deuoir de voſtre obeïſſance,
Dieu ſçait quelle tempeſte alors éclatera,
Et de quels beaux ſermons on vous régalera.

LELIE.

Ah ! treſue, ie vous prie, à voſtre Rethorique.

MASCARILLE.

Mais vous, tréue plûtoſt à voſtre Politique.
Elle n'eſt pas fort bonne, & vous deuriez tàcher...

LELIE.

Sçais-tu qu'on n'acquiert rien de bon à me fàcher ?
Que chez moy les aduis ont de triſtes ſalaires ?
Qu'vn valet conſeiller y fait mal ſes affaires ?

MASCARILLE.

Il ſe met en courroux! tout ce que i'en ay dit
N'eſtoit rien que pour rire, & vous ſonder l'eſprit.
D'vn cenſeur de plaiſirs ay-ie fort l'encolure?
Et Maſcarille eſt-il ennemy de nature?
Vous ſçauez le contraire, & qu'il eſt tres-certain,
Qu'on ne peut me taxer que d'eſtre trop humain.
Moquez-vous des ſermons d'vn vieux barbon de pere;
Pouſſez voſtre bidet, vous dis-ie, & laiſſez faire;
Ma foy i'en ſuis d'auis, que ces penards chagrins
Nous viennent étourdir de leurs contes badins,
Et vertueux par force, eſperent par enuie,
Oſter aux ieunes gens les plaiſirs de la vie.
Vous ſçauez mon talent, ie m'offre à vous ſeruir.

LELIE.

Ah! c'eſt par ces diſcours que tu peux me rauir.
Au reſte, mon amour, quand ie l'ay fait pareſtre,
N'a point eſté mal veu des yeux qui l'ont fait naître;
Mais Leandre à l'inſtant vient de me déclarer
Qu'à me rauir Celie il ſe va preparer.
C'eſt pourquoy dépeſchons, & cherche dans ta teſte
Les moyens les plus prompts d'en faire ma conqueſte.
Treuue ruſes, deſtours, fourbes inuentions,
Pour fruſtrer vn riual de ſes pretentions.

MASCARILLE.

Laiſſez-moy quelque temps réuer à cette affaire.
Que pourrois-ie inuenter pour ce coup neceſſaire?

LELIE.

Hé bien? le ſtratageſme?

MASCARILLE.

                Ah! comme vous courez!

Ma ceruelle toufiours marche à pas mefurez.
I'ay treuué voftre fait, il faut... non, ie m'abufe;
Mais, fi vous alliez...

LELIE.

Où?

MASCARILLE.

C'eft vne foible rufe.

I'en fongeois vne.

LELIE.

Et quelle?

MASCARILLE.

Elle n'iroit pas bien.

Mais ne pourriez–vous pas?...

LELIE.

Quoy?

MASCARILLE.

Vous ne pourriez rien.

Parlez auec Anfelme.

LELIE.

Et que luy puis-ie dire?

MASCARILLE.

Il eft vray, c'eft tomber d'vn mal dedans vn pire.
Il faut pourtant l'auoir. Allez chez Trufaldin.

LELIE.

Que faire?

MASCARILLE.

Ie ne fçay.

LELIE.

C'en eft trop à la fin;
Et tu me mets à bout par ces contes friuoles.

MASCARILLE.

Monſieur, ſi vous auiez en main force piſtoles,
Nous n'aurions pas beſoin maintenant de réuer
A chercher les biays que nous deuons trouuer ;
Et pourrions, par vn prompt achat de cette eſclaue,
Empêcher qu'vn riual vous preuienne & vous braue.
De ces Egyptiens qui la mirent icy,
Trufaldin qui la garde eſt en quelque foucy,
Et trouuant ſon argent qu'ils luy font trop attendre,
Ie ſçay bien qu'il feroit tres-rauy de la vendre :
Car enfin en vray ladre il a toûjours veſcu,
Il ſe feroit feſſer, pour moins d'vn quart d'eſcu ;
Et l'argent eſt le Dieu que ſurtout il reuere :
Mais le mal c'eſt...

LELIE.

Quoy ? c'eſt ?

MASCARILLE.

       Que Monſieur votre pere
Eſt vn autre vilain qui ne vous laiſſe pas,
Comme vous voudriez bien, manier ſes ducats :
Qu'il n'eſt point de reſſort qui pour vôtre reſſource,
Peut faire maintenant ouurir la moindre bource :
Mais tâchons de parler à Celie vn moment,
Pour ſçauoir là-deſſus quel eſt ſon ſentiment.
La feneſtre eſt icy.

LELIE.

      Mais Trufaldin pour elle,
Fait de nuiɛt & de iour exaɛte ſentinelle ;
Prends garde.

MASCARILLE.

   Dans ce coin demeurons en repos.
O ! bon-heur ! la voilà qui paroiſt à propos.

SCENE III.

Lelie, Celie, Mafcarille.

LELIE.

Ah! que le Ciel m'oblige, en offrant à ma veuë
Les celeftes attraits dont vous eftes pourueuë!
Et, quelque mal cuifant que m'ayent caufé vos yeux,
Que ie prens de plaifir à les voir en ces lieux!

CELIE.

Mon cœur qu'auec raifon voftre difcours eftonne,
N'entend pas que mes yeux faffent mal à perfonne:
Et, fi dans quelque chofe ils vous ont outragé,
Ie puis vous affeurer que c'eft fans mon congé.

LELIE.

Ah! leurs coups font trop beaux pour me faire vne iniure.
Ie mets toute ma gloire à cherir ma bleffure,
Et...

MASCARILLE.

Vous le prenez là d'vn ton vn peu trop haut;
Ce ftyle maintenant n'eft pas ce qu'il nous faut;
Profitons mieux du temps, & fçachons vifte d'elle
Ce que...

TRVFALDIN *dans la maifon.*

Celie.

MASCARILLE.

Hé bien?

LELIE.

O! rencontre cruelle,

Ce mal-heureux vieillard deuoit-il nous troubler!

MASCARILLE.

Allez, retirez-vous; ie fçauray luy parler.

SCENE IV.

Trufaldin, Celie, Mafcarille,
& Lelie retiré dans vn coin.

TRVFALDIN à Celie.

Que faites-vous dehors? & quel foin vous talonne,
Vous à qui ie deffend de parler à perfonne?

CELIE.

Autrefois i'ay connu cét honnefte garçon;
Et vous n'auez pas lieu d'en prendre aucun foupçon.

MASCARILLE.

Eft-ce là le Seigneur Trufaldin?

CELIE.

Ouy, luy-mefme.

MASCARILLE.

Monfieur, ie fuis tout voftre, & ma ioye eft extréme
De pouuoir falüer en toute humilité,
Vn homme dont le nom eft par tout fi vanté.

TRVFALDIN.

Tres-humble feruiteur.

MASCARILLE.

l'incommode peut-eftre;
Mais ie l'ai veuë ailleurs, où m'ayant fait connoiftre
Les grans talens qu'elle a pour fçauoir l'auenir,
Ie voulois fur vn poinét vn peu l'entretenir.

TRVFALDIN.

Quoy! te mélerois-tu d'vn peu de diablerie?

CELIE.

Non, tout ce que ie ſçay n'eſt que blanche magic.

MASCARILLE.

Voicy donc ce que c'eſt. Le Maiſtre que ie ſers,
Languit pour vn objet qui le tient dans ſes fers :
Il auroit bien voulu du feu qui le deuore
Pouuoir entretenir la beauté qu'il adore :
Mais vn dragon veillant ſur ce rare threſor
N'a pù, quoy qu'il ait fait, le luy permettre encor,
Et, ce qui plus le geſne & le rend miſerable,
Il vient de découurir vn riual redoutable;
Si bien que, pour ſçauoir ſi ſes ſoins amoureux
Ont ſujet d'eſperer quelque ſuccez heureux,
Ie viens vous conſulter, ſeur que de voſtre bouche
Ie puis aprendre au vray le ſecret qui nous touche.

CELIE.

Sous quel Aſtre ton Maiſtre a-t-il receu le iour?

MASCARILLE.

Sous vn Aſtre à iamais ne changer ſon amour.

CELIE.

Sans me nommer l'objet pour qui ſon cœur ſoûpire,
La ſcience que i'ay m'en peut aſſez inſtruire;
Cette fille a du cœur, & dans l'aduerſité,
Elle ſçait conſeruer vne noble fierté,
Elle n'eſt pas d'humeur à trop faire connoiſtre
Les ſecrets ſentimens qu'en ſon cœur on fait naître :
Mais ie les ſçay comme elle, & d'vn eſprit plus doux,
Ie vais en peu de mots vous les découurir tous.

MASCARILLE.

O! merueilleux pouuoir de la vertu magique!

CELIE.

Si ton Maiſtre en ce poinct de conſtance ſe pique,
Et que la vertu ſeule anime ſon deſſein,
Qu'il n'aprehende pas de ſoûpirer en vain;
Il a lieu d'eſperer, & le fort qu'il veut prendre
N'eſt pas ſourd aux traitez, & voudra bien ſe rendre.

MASCARILLE.

C'eſt beaucoup; mais ce fort dépend d'vn gouuerneur
Difficile à gagner.

CELIE.

C'eſt là tout le mal-heur.

MASCARILLE.

Au diable le fâcheux qui toûjours nous éclaire.

CELIE.

Ie vais vous enſeigner ce que vous deuez faire.

LELIE *les ioignant.*

Ceſſez, ô! Trufaldin, de vous inquieter,
C'eſt par mon ordre ſeul qu'il vous vient viſiter;
Et ie vous l'enuoyois ce ſeruiteur fidelle,
Vous offrir mon ſeruice, & vous parler pour elle,
Dont ie vous veux dans peu payer la liberté,
Pouruu qu'entre nous deux le prix ſoit arreſté.

MASCARILLE.

La peſte ſoit la beſte.

TRVFALDIN.

Ho! Ho! qui des deux croire?
Ce diſcours au premier eſt fort contradictoire.

MASCARILLE.

Monfieur, ce galant-homme a le cerueau bleffé,
Ne le fçauez-vous pas?

TRVFALDIN.

             Ie fçay ce que ie fçay;
I'ai crainte icy deffous de quelque manigance :
Rentrez, & ne prenez iamais cette licence :
Et vous filoux fieffez, ou ie me trompe fort,
Mettez pour me ioüer vos flutes mieux d'accord.

MASCARILLE.

C'eft bien fait; ie voudrois qu'encor fans flatterie,
Il nous euft d'vn bafton chargez de compagnie;
A quoy bon fe montrer? & comme vn Eftourdy,
Me venir dementir de tout ce que ie dy.

LELIE.

Ie penfois faire bien.

MASCARILLE.

             Ouy, c'eftoit fort l'entendre;
Mais quoy, cette action ne me doit point furprendre,
Vous eftes fi fertile en pareils Contretemps,
Que vos efcarts d'efprit n'étonnent plus les gens.

LELIE.

Ah! mon Dieu, pour vn rien me voila bien coupable,
Le mal eft-il fi grand qu'il foit irreparable?
Enfin, fi tu ne mets Celie entre mes mains,
Songe au moins de Leandre à rompre les deffeins,
Qu'il ne puiffe acheter auant moy cette belle.
De peur que ma prefence encor foit criminelle,
Ie te laiffe.

MASCARILLE.

Fort bien. A dire vray, l'argent

Seroit dans noſtre affaire vn ſeur & fort agent;
Mais ce reſſort manquant, il faut vſer d'vn autre.

SCENE V.

Anſelme, Maſcarille.

ANSELME.

Par mon chef, c'eſt vn ſiecle étrange que le nôtre !
I'en ſuis confus; iamais tant d'amour pour le bien,
Et iamais tant de peine à retirer le ſien.
Les debtes aujourd'huy, quelque ſoin qu'on employe,
Sont comme les enfans que l'on conçoit en ioye,
Et dont auecque peine on fait l'acouchement;
L'argent dans vne bourſe entre agreablement :
Mais le terme venu que nous deuons le rendre,
C'eſt lors que les douleurs commencent à nous prendre ;
Baſte ce n'eſt pas peu que deux mille francs deus
Depuis deux ans entiers me ſoient enfin rendus;
Encore eſt-ce vn bon-heur.

MASCARILLE.

       O ! Dieu, la belle proye
A tirer en volant ! chut : il faut que ie voye,
Si ie pourrois vn peu de pres le carreſſer.
Ie ſçay bien les diſcours dont il le faut bercer.
Ie viens de voir, Anſelme…

ANSELME.

Et qui ?

MASCARILLE.

Voſtre Nerine.

ANSELME.

Que dit-elle de moy cette gente affaßine?

MASCARILLE.

Pour vous elle eft de flâme.

ANSELME.

Elle?

MASCARILLE.

Et vous ayme tant,

Que c'eft grande pitié.

ANSELME.

Que tu me rends contant!

MASCARILLE.

Peu s'en faut que d'amour la pauurette ne meure:
Anfelme, mon mignon, crie-t'elle, à toute heure.
Quand eft-ce que l'hymen vnira nos deux cœurs?
Et que tu daigneras efteindre mes ardeurs?

ANSELME.

Mais pourquoy iufqu'icy me les auoir célées?
Les filles, par ma foy, font bien diffimulées!
Mafcarille, en effet, qu'en dis-tu? quoy que vieux.
I'ai de la mine encore affez pour plaire aux yeux.

MASCARILLE.

Ouy, vrayment, ce vifage eft encor fort mettable;
S'il n'eft pas des plus beaux, il eft defagreable.

ANSELME.

Si bien donc...

MASCARILLE.

Si bien donc qu'elle eft fotte de vous;
Ne vous regarde plus...

ANSELME.

Quoy?

MASCARILLE.

      Que comme vn efpoux :
Et vous veut...

ANSELME.

  Et me veut...

MASCARILLE.

     Et vous veut, quoy qu'il tienne,
Prendre la bource.

ANSELME.

  La ?

MASCARILLE.

    La bouche auec la fienne.

ANSELME.

Ah! ie t'entends. Vien ça, lors que tu la verras,
Vante luy mon merite autant que tu pourras.

MASCARILLE.

Laiffez-moy faire.

ANSELME.

  Adieu.

MASCARILLE.

     Que le Ciel te conduife.

ANSELME.

Ah! vrayment ie faifois vne eftrange fottife,
Et tu pouuois pour toy m'accufer de froideur :
Ie t'engage à feruir mon amoureufe ardeur,
Ie reçois par ta bouche vne bonne nouuelle,
Sans du moindre prefent recompenfer ton zele;
Tien, tu te fouuiendras...

MASCARILLE.

    Ah! non pas, s'il vous plaift.

ANSELME.

Laiffe moy.

MASCARILLE.

Point du tout. i'agis fans intereft.

ANSELME.

Ie le fçay ; mais pourtant...

MASCARILLE.

          Non Anfelme, vous dis-ie :
Ie fuis homme d'honneur, cela me defoblige.

ANSELME.

Adieu donc, Mafcarille.

MASCARILLE.

          O ! long difcours !

ANSELME.

                    Ie veux
Regaler par tes mains cét objet de mes vœux ;
Et ie vais te donner dequoy faire pour elle
L'achapt de quelque bague, ou telle bagatelle
Que tu trouueras bon.

MASCARILLE.

          Non, laiffez voftre argent
Sans vous mettre en foucy, ie feray le prefent ;
Et l'on m'a mis en main vne bague à la mode,
Qu'apres vous payerez fi cela l'accommode.

ANSELME.

Soit, donne la pour moy ; mais fur tout fay fi bien,
Qu'elle garde toûjours l'ardeur de me voir fien.

SCENE VI.

Lelie, Anfelme, Mafcarille.

LELIE.

A qui la bource?

ANSELME.

        Ah! Dieux, elle m'eftoit tombée,
Et i'aurois apres crû qu'on me l'euft dérobée;
Ie vous fuis bien tenu de ce foin obligeant,
Qui m'épargne vn grand trouble, & me rend mon argent.
Ie vay m'en décharger au logis tout à l'heure.

MASCARILLE.

C'eft eftre officieux, & tres-fort, ou ie meure.

LELIE.

Ma foy, fans moy, l'argent eftoit perdu pour luy.

MASCARILLE.

Certes, vous faites rage, & payez aujourd'huy
D'vn iugement tres-rare, & d'vn bonheur extréme.
Nous auancerons fort, continuez de mefme.

LELIE.

Qu'eft-ce donc? qu'ay-ie fait?

MASCARILLE.

        Le fot, en bon françois,
Puis que ie puis le dire, & qu'enfin ie le dois.
Il fçait bien l'impuiffance où fon pere le laiffe,
Qu'vn riual qu'il doit craindre étrangement nous preffe,
Cependant quand ie tente vn coup pour l'obliger,
Dont ie cours moy tout feul la honte & le danger...

LELIE.

Quoy! c'eftoit!...

MASCARILLE.

Ouy, bourreau, c'estoit pour la captiue,
Que i'attrapois l'argent dont voftre foin nous priue.

LELIE.

S'il eft ainfi i'ay tort; mais qui l'euft deuiné.

MASCARILLE.

Il falloit, en effet, eftre bien rafiné.

LELIE.

Tu me deuois par figne aduertir de l'affaire.

MASCARILLE.

Ouy, ie deuois au dos auoir mon luminaire;
Au nom de Iupiter, laiffez-nous en repos,
Et ne nous chantez plus d'impertinans propos:
Vn autre apres cela quitteroit tout peut-eftre;
Mais i'auois medité tantoft vn coup de maiftre,
Dont tout prefentement ie veux voir les effets,
A la charge que fi...

LELIE.

Non, ie te le promets,
De ne me mefler plus de rien dire, ou rien faire.

MASCARILLE.

Allez donc, voftre veuë excite ma colere.

LELIE.

Mais fur tout hafte toy, de peur qu'en ce deffein...

MASCARILLE.

Allez, encore vn coup, i'y vay mettre la main.
Menons bien ce projet, la fourbe fera fine,
S'il faut qu'elle fuccede ainfi que i'imagine.
Allons voir... bon, voicy mon homme iuftement.

SCENE VII.

Pandolfe, Mafcarille.

PANDOLFE.

Mafcarille,

MASCARILLE.

Monfieur,

PANDOLFE.

A parler franchement,
Ie fuis mal fatisfait de mon fils.

MASCARILLE.

De mon maiftre?
Vous n'eftes pas le feul qui fe plaigne de l'eftre :
Sa mauuaife conduite infuportable en tout,
Met à chaque moment ma patience à bout.

PANDOLFE.

Ie vous croirois pourtant affez d'intelligence
Enfemble.

MASCARILLE.

Moy? Monfieur, perdez cette croyance;
Toufiours de fon deuoir ie tafche à l'aduertir;
Et l'on nous voit fans ceffe auoir maille à partir.
A l'heure mefme encor nous auons eu querelle,
Sur l'hymen d'Hypolite, où ie le voy rebelle;
Où par l'indignité d'vn refus criminel,
Ie le vois offencer le refpect paternel.

PANDOLFE.

Querelle!

MASCARILLE.

Ouy, querelle, & bien auant pouffée.

PANDOLFE.

Ie me trompois donc bien : car i'auois la penfée,
Qu'à tout ce qu'il faifoit tu donnois de l'appuy.

MASCARILLE.

Moy! voyez ce que c'eft que du monde aujourd'huy ;
Et comme l'innocence eft toûjours opprimée.
Si mon integrité vous eftoit confirmée,
Ie fuis auprés de luy gagé pour feruiteur,
Vous me voudriez encor payer pour Precepteur :
Ouy, vous ne pourriez pas luy dire dauantage,
Que ce que ie luy dis, pour le faire eftre fage.
Monfieur, au nom de Dieu, luy fay-ie affez fouuent,
Ceffez de vous laiffer conduire au premier vent,
Reglez-vous. Regardez l'honnefte homme de pere
Que vous auez du Ciel, comme on le confidere :
Ceffez de luy vouloir donner la mort au cœur,
Et, comme luy, viuez en perfonne d'honneur.

PANDOLFE.

C'eft parler comme il faut. Et que peut-il répondre ?

MASCARILLE.

Répondre ? des chanfons, dont il me vient confondre.
Ce n'eft pas qu'en effet, dans le fond de fon cœur,
Il ne tienne de vous des femences d'honneur ;
Mais fa raifon n'eft pas maintenant la maiftreffe :
Si ie pouuois parler auecque hardieffe,
Vous le verriez dans peu foûmis fans nul effort.

PANDOLFE.

Parle.

MASCARILLE.

  C'eft vn fecret qui m'importeroit fort

S'il eftoit découuert : mais à voftre prudence
Ie puis le confier auec toute affeurance.

PANDOLFE.

Tu dis bien.

MASCARILLE.

Sçachez donc que vos vœux font trahis
Par l'amour qu'vne efclaue imprime à voftre fils.

PANDOLFE.

On m'en auoit parlé; mais l'action me touche,
De voir que ie l'apprenne encore par ta bouche.

MASCARILLE.

Vous voyez fi ie fuis le fecret confident...

PANDOLFE.

Vrayment ie fuis rauy de cela.

MASCARILLE.

Cependant
A fon deuoir, fans bruit, defirez-vous le rendre?
Il faut... i'ay toûjours peur qu'on nous vienne furprendre :
Ce feroit fait de moy s'il fçauoit ce difcours.
Il faut, dis-ie, pour rompre à toute chofe cours,
Acheter fourdement l'efclaue idolatrée,
Et la faire paffer en vne autre contrée.
Anfelme a grand accez auprés de Trufaldin;
Qu'il aille l'acheter pour vous dés ce matin :
Apres, fi vous voulez en mes mains la remettre,
Ie connois des Marchands, & puis bien vous promettre,
D'en retirer l'argent qu'elle pourra coufter :
Et malgré voftre fils de la faire écarter.
Car enfin fi l'on veut qu'à l'hymen il fe range,
A cét amour naiffant il faut donner le change;
Et de plus, quand bien mefme il feroit refolu,

Qu'il auroit pris le ioug que vous auez voulu,
Cét autre objet pouuant réueiller son caprice,
Au mariage encor peut porter preiudice.

PANDOLFE.

C'est tres-bien raisonné; ce conseil me plaist fort;
Ie vois Anselme, va, ie m'en vay faire effort,
Pour auoir promptement cette esclaue funeste,
Et la mettre en tes mains pour acheuer le reste.

MASCARILLE.

Bon, allons auertir mon Maistre de cecy :
Viue la fourberie & les fourbes aussi.

SCENE VIII.

Hypolite, Mascarille.

HYPOLITE.

Ouy, traistre, c'est ainsi que tu me rens seruice;
Ie viens de tout entendre, & voir ton artifice;
A moins que de cela l'eusse-ie soupçonné!
Tu couches d'imposture, & tu m'en as donné!
Tu m'auois promis, lâche, & i'auois lieu d'attendre.
Qu'on te verroit seruir mes ardeurs pour Leandre;
Que du choix de Lelie, où l'on veut m'obliger,
Ton adresse & tes soins sçauroient me dégager;
Que tu m'affranchirois du projet de mon pere;
Et cependant icy tu fais tout le contraire :
Mais tu t'abuseras, ie sçais vn seur moyen,
Pour rompre cét achapt où tu pousses si bien;
Et ie vais de ce pas...

MASCARILLE.

Ah! que vous eftes prompte!
La mouche tout d'vn coup à la tefte vous monte;
Et, fans confiderer s'il a raifon, ou non,
Voftre efprit contre moi fait le petit démon.
I'ay tort, & ie deurois fans finir mon ouurage,
Vous faire dire vray, puifqu'ainfi l'on m'outrage.

HYPOLITE.

Par quelle illufion penfes-tu m'éblouïr ?
Traiftre, peux-tu nier ce que ie viens d'ouïr.

MASCARILLE.

Non; mais il faut fçauoir que tout cét artifice
Ne va directement qu'à vous rendre feruice :
Que ce confeil adroit qui femble eftre fans fard,
Iette dans le panneau l'vn & l'autre vieillard:
Que mon foin par leurs mains ne veut auoir Celie,
Qu'à deffein de la mettre au pouuoir de Lelie :
Et faire que l'effet de cette inuention
Dans le dernier excez portant fa paffion,
Anfelme rebuté de fon pretendu gendre,
Puiffe tourner fon choix du cofté de Leandre.

HYPOLITE.

Quoy! tout ce grand projet qui m'a mife en courroux,
Tu l'as formé pour moy, Mafcarille!

MASCARILLE.

Ouy, pour vous.
Mais puis qu'on reconnoift fi mal mes bons offices,
Qu'il me faut de la forte effuyer vos caprices,
Et que, pour recompenfe, on s'en vient de hauteur
Me traiter de faquin, de lâche, d'impofteur,

Ie m'en vais reparer l'erreur que i'ay commife,
Et dés ce mefme pas rompre mon entreprife.
              HYPOLITE *l'arreſiant.*
Hé! ne me traite pas fi rigoureufement,
Et pardonne aux tranfports d'vn premier mouuement.

              MASCARILLE.
Non, non, laiffez-moy faire, il eft en ma puiffance,
De détourner le coup qui fi fort vous offence.
Vous ne vous plaindrez point de mes foins deformais :
Ouy, vous aurez mon maiftre, & ie vous le promets.

              HYPOLITE.
Hé! mon pauure garçon, que ta colere ceffe;
I'ay mal iugé de toy, i'ay tort, ie le confeffe :
        Tirant ſa bourſe.
Mais ie veux reparer ma faute auec cecy.
Pourrois-tu te refoudre à me quitter ainfi?

              MASCARILLE.
Non, ie ne le fçaurois, quelque effort que ie faffe :
Mais voftre promptitude eft de mauuaife grace.
Apprenez qu'il n'eft rien qui bleffe vn noble cœur,
Comme quand il peut voir qu'on le touche en l'honneur.

              HYPOLITE.
Il eft vray ie t'ay dit de trop groffes injures :
Mais que ces deux Loüis gueriffent tes bleffures.

              MASCARILLE.
Hé! tout cela n'eft rien; ie fuis tendre à ces coups :
Mais defia ie commence à perdre mon courroux.
Il faut de fes amis endurer quelque chofe.

              HYPOLITE.
Pourras-tu mettre à fin ce que ie me propofe?

Et crois-tu que l'effet de tes deſſeins hardis
Produiſe à mon amour le ſuccez que tu dis?

MASCARILLE.

N'ayez point pour ce faiƈt l'eſprit ſur des eſpines;
I'ay des reſſorts tout preſts pour diuerſes machines;
Et quand ce ſtratageſme à nos vœux manqueroit,
Ce qu'il ne feroit pas, vn autre le feroit.

HYPOLITE.

Croy qu'Hypolite au moins ne ſera pas ingrate.

MASCARILLE.

L'eſperance du gain n'eſt pas ce qui me flatte.

HYPOLITE.

Ton maiſtre te fait ſigne, & veut parler à toy;
Ie te quitte : mais ſonge à bien agir pour moy.

SCENE IX.

Maſcarille, Lelie.

LELIE.

Que diable fais-tu là? tu me promets merueille;
Mais ta lenteur d'agir eſt pour moy ſans pareille :
Sans que mon bon genie au deuant m'a pouſſé,
Deſia tout mon bon-heur euſt eſté renuerſé.
C'eſtoit fait de mon bien, c'eſtoit fait de ma ioye,
D'vn regret eternel ie deuenois la proye ;
Bref, ſi ie ne me fuſſe en ce lieu rencontré,
Anſelme auoit l'eſclaue, & i'en eſtois fruſtré.
Il l'emmenoit chez luy; mais i'ay paré l'atteinte,
I'ay détourné le coup, & tant fait, que par crainte
Le pauure Trufaldin l'a retenuë.

MASCARILLE.

Et trois ;
Quand nous ferons à dix, nous ferons vne croix.
C'eftoit par mon adreffe, ò ceruelle incurable,
Qu'Anfelme entreprenoit cét achapt fauorable ;
Entre mes propres mains on la deuoit liurer ;
Et vos foins endiablez nous en viennent feurer ;
Et puis pour voftre amour ie m'emploirois encore ?
I'aymerois mieux cent fois eftre groffe pecore,
Deuenir cruche, choù, lanterne, loupgarou,
Et que monfieur Sathan vous vint tordre le coù.

LELIE.
Il nous le faut mener en quelque Hoftellerie,
Et faire fur les pots décharger fa furie.

Fin du premier Acte.

ACTE II.

SCENE PREMIERE.

Mascarille, Lelie.

MASCARILLE.

 vos defirs enfin il a fallu fe rendre,
Malgré tous mes fermens ie n'ay pû m'en deffendre
Et pour vos interefts que ie voulois laiffer,
En de nouueaux perils viens de m'embaraffer;
Ie fuis ainfi facile, & fi de Mafcarille
Madame la Nature auoit fait vne fille,
Ie vous laiffe à penfer ce que ç'auroit efté.
Toutefois, n'allez pas fur cette feureté
Donner de vos reuers au projet que ie tente,
Me faire vne béueuë, & rompre mon attente;
Auprés d'Anfelme encor nous vous excuferons,
Pour en pouuoir tirer ce que nous defirons;
Mais, fi dorefnauant voftre imprudence éclatte,
Adieu vous dy mes foins pour l'objet qui vous flatte.

LELIE.

Non, ie feray prudent, te dis-ie, ne crains rien.
Tu verras feulement...

MASCARILLE.

Souuenez-vous en bien :
ay commencé pour vous vn hardy ftratagéme :

Voftre pere fait voir vne pareffe extréme
A rendre par fa mort tous vos defirs contens.
Ie viens de le tuer, de parole, i'entens,
Ie fais courir le bruit que d'vne Apoplexie
Le bon-homme furpris a quitté cette vie;
Mais auant, pour pouuoir mieux feindre ce trépas.
I'ay fait que vers fa grange il a porté fes pas:
On eft venu luy dire, & par mon artifice.
Que les ouuriers qui font apres fon edifice.
Parmy les fondemens qu'ils en iettent encor,
Auoient fait par hazard rencontre d'vn trefor:
Il a volé d'abord, & comme à la campagne
Tout fon monde à prefent hors nous deux l'accompagne,
Dans l'efprit d'vn chacun ie le tuë aujourd'huy,
Et produis vn fantofme enfeuely pour luy :
Enfin ie vous ay dit à quoy ie vous engage.
Ioüez bien voftre rôle, & pour mon perfonnage.
Si vous aperceuez que i'y manque d'vn mot.
Dittes abfolument que ie ne fuis qu'vn fot.

LELIE feul.

Son efprit, il eft vray, trouue vne eftrange voye
Pour adreffer mes vœux au comble de leur ioye;
Mais quand d'vn bel objet on eft bien amoureux
Que ne feroit-on pas pour deuenir heureux ?
Si l'amour eft au crime vne affez belle excufe,
Il en peut bien feruir à la petite rufe.
Que fa flâme aujourd'huy me force d'approuuer
Par la douceur du bien qui m'en doit arriuer :
Iufte Ciel! qu'ils font prompts! ie les vois en parole.
Allons nous preparer à ioüer noftre rôle.

SCENE II.

Mascarille, Anselme.

MASCARILLE.

La nouuelle a subjet de vous surprendre fort.

ANSELME.

Estre mort de la sorte !

MASCARILLE.

           Il a certes grand tort.

Ie luy sçay mauuais gré d'vne telle incartade.

ANSELME.

N'auoir pas seulement le temps d'estre malade !

MASCARILLE.

Non, iamais homme n'eut si haste de mourir.

ANSELME.

Et Lelie ?

MASCARILLE.

        Il se bat, & ne peut rien souffrir :

Il s'est fait en maints lieux contusion & bosse,

Et veut accompagner son papa dans la fosse :

Enfin, pour acheuer, l'excez de son transport

M'a fait en grande haste enseuelir le mort,

De peur que cét obiet qui le rend hipocondre,

A faire vn vilain coup ne me l'allast semondre.

ANSELME.

N'importe, tu deuois attendre iusqu'au soir,

Outre qu'encore vn coup i'aurois voulu le voir

Qui tost enseuelit, bien souuent assassine,

Et tel est crû deffunct qui n'en a que la mine.

MASCARILLE.

Ie vous le garentis trefpaſſé comme il faut;
Au reſte, pour venir au difcours de tantoſt,
Lelie, & l'action luy fera falutaire,
D'vn bel enterrement veut regaler fon pere,
Et confoler vn peu ce deffunct de fon fort,
Par le plaifir de voir faire honneur à fa mort;
Il herite beaucoup, mais comme en fes affaires,
Il fe trouue affez neuf, & ne voit encor gueres;
Que fon bien la plufpart n'eſt point en ces quartiers,
Ou que ce qu'il y tient confiſte en des papiers;
Il voudroit vous prier, en fuitte de l'inſtance
D'excufer de tantoſt fon trop de violence,
De luy preſter au moins pour ce dernier deuoir...

ANSELME.

Tu me l'as defia dit, & ie m'en vais le voir.

MASCARILLE.

Iufques icy du moins tout va le mieux du monde :
Tafchons à ce progrés que le reſte réponde,
Et de peur de trouuer dans le port vn écüeil,
Conduifons le vaiſſeau de la main & de l'œil.

SCENE III.

Lelie, Anfelme, Mafcarille.

ANSELME.

Sortons, ie ne fçaurois qu'auec douleur tres-forte,
Le voir empaqueté de cette eſtrange forte :
Las! en fi peu de temps! il viuoit ce matin!

MASCARILLE.

En peu de temps par fois on fait bien du chemin.

LELIE.

Ah !

ANSELME.

Mais quoy ? cher Lelie, enfin il eſtoit homme :
On n'a point pour la mort de diſpenſe de Rome.

LELIE.

Ah !

ANSELME.

Sans leur dire gare elle abbat les humains,
Et contr'eux de tout temps a de mauuais deſſeins.

LELIE.

Ah !

ANSELME.

Ce fier animal pour toutes les prieres,
Ne perdroit pas vn coup de ſes dents meurtrieres,
Tout le monde y paſſe.

LELIE.
Ah !

MASCARILLE.

Vous auez beau preſcher,
Ce deüil enraciné ne ſe peut arracher.

ANSELME.

Si malgré ces raiſons voſtre ennuy perſeuere,
Mon cher Lelie, au moins, faites qu'il ſe modere.

LELIE.

Ah !

MASCARILLE.

Il n'en fera rien, ic connois ſon humeur.

ANSELME.

Au reſte, ſur l'aduis de voſtre ſeruiteur,

____

J'aporte icy l'argent qui vous eſt neceſſaire,
Pour faire celebrer les obſeques d'vn pere...

LELIE.

Ah! Ah!

MASCARILLE.

Comme à ce mot s'augmente ſa douleur,
Il ne peut ſans mourir, ſonger à ce malheur.

ANSELME.

Ie ſçay que vous verrez aux papiers du bon-homme,
Que ie ſuis debiteur d'vne plus grande ſomme :
Mais, quand par ces raiſons ie ne vous deurois rien,
Vous pourriez librement diſpoſer de mon bien.
Tenez, ie ſuis tout voſtre, & le feray paroiſtre.

LELIE *s'en allant.*

Ah!

MASCARILLE.

Le grand déplaiſir que ſent monſieur mon Maiſtre!

ANSELME.

Maſcarille, ie croy qu'il ſeroit à propos.
Qu'il me fiſt de ſa main vn receu de deux mots.

MASCARILLE.

Ah

ANSELME.

Des euenements l'incertitude eſt grande.

MASCARILLE.

Ah!

ANSELME.

Faiſons luy ſigner le mot que ie demande.

MASCARILLE.

Las! en l'eſtat qu'il eſt comment vous contenter!
Donnez luy le loiſir de ſe des-atriſter;

I.　　　　　　　　　3

Et quand ſes déplaiſirs prendront quelque allegeance,
I'auray ſoin d'en tirer d'abord voſtre aſſeurance.
Adieu, ie ſens mon cœur qui ſe gonfle d'ennuy,
Et m'en vay tout mon ſaoul pleurer auecque luy.
Ah!

ANSELME ſeul.

Le monde eſt remply de beaucoup de trauerſes.
Chaque homme tous les iours en reſſent de diuerſes,
Et iamais icy bas...

<h2>SCENE IV.</h2>

Pandolfe, Anſelme.

ANSELME.

Ah! bon Dieu, ie fremy!
Pandolfe qui reuient! fut-il bien endormy.
Comme depuis ſa mort ſa face eſt amaigrie!
Las! ne m'aprochez pas de plus prés, ie vous prie;
I'ay trop de repugnance à coudoyer vn mort.

PANDOLFE.

D'où peut donc prouenir ce bizarre tranſport?

ANSELME.

Dittes-moy de bien loin quel ſujet vous ameine.
Si pour me dire adieu vous prenez tant de peine,
C'eſt trop de courtoiſie, & veritablement;
Ie me ſerois paſſé de voſtre compliment.
Si voſtre ame eſt en peine & cherche des prieres,
Las! ie vous en promets, & ne m'effrayez gueres.
Foy d'homme eſpouuanté, ie vais faire à l'inſtant
Prier tant Dieu pour vous, que vous ſerez content.

Disparoiſſez donc. ie vous prie,
Et que le Ciel par ſa bonté.
Comble de ioie & de ſanté
Voſtre deffunête ſeigneurie.

PANDOLFE *riant.*

Malgré tout mon dépit, il m'y faut prendre part.

ANSELME.

Las! pour vn treſpaſſé vous eſtes bien gaillart!

PANDOLFE.

Eſt-ce ieu? dittes-nous, ou bien ſi c'eſt folie,
Qui traitte de deffunêt vne perſonne en vie?

ANSELME.

Helas! vous eſtes mort. & ie viens de vous voir.

PANDOLFE.

Quoy? i'aurois treſpaſſé ſans m'en apperceuoir?

ANSELME.

Si-toſt que Maſcarille en a dit la nouuelle,
I'en ay ſenty dans l'ame vne douleur mortelle.

PANDOLFE.

Mais enfin dormez-vous? êtes-vous éueillé?
Me connoiſſez-vous pas?

ANSELME.
                Vous eſtes habillé
D'vn corps aërien qui contrefait le voſtre,
Mais qui dans vn moment peut deuenir tout autre.
Ie crains fort de vous voir comme vn geant grandir.
Et tout voſtre viſage affreuſement laidir.
Pour Dieu, ne prenez point de vilaine figure;
I'ay proû de ma frayeur en cette coniecture.

PANDOLFE.

En vne autre ſaiſon, cette naïueté,

Dont vous accompagnez voſtre credulité,
Anſelme, me feroit vn charmant badinage,
Et i'en prolongerois le plaiſir dauantage :
Mais auec cette mort vn treſor ſuppoſé,
Dont parmy les chemins on m'a deſabuſé,
Fomente dans mon ame vn ſoupçon legitime.
Maſcarille eſt un fourbe, & fourbe fourbiſſime,
Sur qui ne peuuent rien la crainte, & le remors,
Et qui pour ſes deſſeins a d'étranges reſſorts.

ANSELME.

M'auroit-on ioüé piece, & fait ſupercherie ?
Ah ! vrayment ma raiſon vous feriez fort iolie !
Touchons vn peu pour voir · en effet c'eſt bien luy.
Malepeſte du ſot, que ie ſuis aujourd'huy !
De grace, n'allez pas diuulguer vn tel conte ;
On en feroit ioüer quelque farce à ma honte :
Mais, Pandolfe, aidez-moy vous-meſme à retirer
L'argent que i'ay donné pour vous faire enterrer.

PANDOLFE.

De l'argent, dittes-vous ? ah ! c'eſt donc l'encloüeure
Voilà le nœud ſecret de toute l'aduanture ;
A voſtre dam. Pour moy, ſans m'en mettre en ſoucy,
Ie vais faire informer de cette affaire icy ;
Contre ce Maſcarille, & ſi l'on peut le prendre,
Quoy qu'il puiſſe couſter, ie veux le faire pendre.

ANSELME.

Et moy, la bonne duppe, à trop croire vn vaurien,
Il faut donc qu'aujourd'huy ie perde, & ſang, & bien ?
Il me ſied bien, ma foy, de porter teſte griſe,
Et d'eſtre encor ſi prompt à faire vne ſottiſe !
D'examiner ſi peu ſur vn premier rapport !...
Mais ie voy...

SCENE V.

Lelie, Anselme.

LELIE.

Maintenant auec ce paffeport,
Ie puis à Trufaldin rendre aifément vifite.

ANSELME.

A ce que ie puis voir, voître douleur vous quitte?

LELIE.

Que dittes-vous! iamais elle ne quittera
Vn cœur qui cherement toûjours la nourrira.

ANSELME.

Ie reuiens fur mes pas vous dire. auec franchife.
Que tantoft auec vous i'ay fait vne méprife;
Que parmy ces Loüis. quoy qu'ils femblent très-beaux.
I'en ay fans y penfer meflé que ie tiens faux,
Et i'apporte fur moy dequoy mettre en leur place :
De nos faux monnoyeurs l'infuportable audace
Pullule en cét Eftat d'vne telle façon,
Qu'on ne reçoit plus rien qui foit hors de foupçon :
Mon Dieu, qu'on feroit bien de les faire tous pendre!

LELIE.

Vous me faites plaifir de les vouloir reprendre;
Mais ie n'en ay point veu de faux, comme ie croy.

ANSELME.

Ie les connoiftray bien, montrez, montrez-les moy :
Eft-ce tout?

LELIE.

Ouy.

ANSELME.

Tant mieux; enfin ie vous racroche,
Mon argent bien aymé, rentrez dedans ma poche;
Et vous, mon braue Efcroc, vous ne tenez plus rien;
Vous tuez donc des gens qui fe portent fort bien;
Et qu'auriez-vous donc fait fur moy, chetif beau pere?
Ma foy, ie m'engendrois d'vne belle maniere!
Et i'allois prendre en vous vn beau fils fort difcret
Allez, allez mourir de honte, & de regret.

LELIE.

Il faut dire i'en tiens; quelle furprife extréme!
D'où peut-il auoir fçeu fi-toft le ftratagefme!

SCENE VI.

Mafcarille, Lelie.

MASCARILLE.

Quoy? vous eftiez forty? ie vous cherchois par tout :
Hé bien? en fommes-nous enfin venus à bout;
Ie le donne en fix coups au fourbe le plus braue,
Cà, donnez-moi que i'aille acheter noftre efclaue,
Voftre riual apres fera bien eftonné.

LELIE.

Ah! mon pauure garçon, la chance a bien tourné,
Pourrois-tu de mon fort deuiner l'iniuftice?

MASCARILLE.

Quoy? que feroit-ce?

LELIE.

Anfelme inftruit de l'artifice,
M'a repris maintenant tout ce qu'il nous preftoit,

Sous couleur de changer de l'or que l'on douroit.
MASCARILLE.
Vous vous moquez peut-eftre?
LELIE.
Il eft trop veritable.
MASCARILLE.
Tout de bon?
LELIE.
Tout de bon, i'en fuis inconfolable:
Tu te vas emporter d'vn courroux fans égal.
MASCARILLE.
Moy, Monfieur? quelque fot. la colère fait mal:
Et ie veux me choyer, quoy qu'enfin il arriue:
Que Celie apres tout foit ou libre. ou captiue:
Que Leandre l'achepte. ou qu'elle refte là,
Pour moy. ie m'en foucie autant que de cela.
LELIE.
Ah! n'aye pas pour moy fi grande indifference.
Et fois plus indulgent à ce peu d'imprudence.
Sans ce dernier malheur. ne m'avoüeras-tu pas,
Que i'auois fait merueille? & qu'en ce feint trépas
I'éludois vn chacvn d'vn deüil fi vray-femblable,
Que les plus clairvoyants l'auroient crû veritable?
MASCARILLE.
Vous auez en effet fujet de vous loüer.
LELIE.
Et bien, ie fuis coupable. & ie veux l'aduoüer:
Mais, fi iamais mon bien te fut confiderable.
Repare ce mal-heur, & me fois fecourable.
MASCARILLE.
Ie vous baife les mains, ie n'ay pas le loifir.

LELIE.

Mafcarille, mon fils.

MASCARILLE.

Point.

LELIE.

Fay moy ce plaifir.

MASCARILLE.

Non, ie n'en feray rien.

LELIE.

Si tu m'es inflexible,

Ie m'en vais me tuer.

MASCARILLE.

Soit, il vous eft loifible.

LELIE.

Ie ne te puis fléchir?

MASCARILLE.

Non.

LELIE.

Vois-tu le fer preft?

MASCARILLE.

Ouy.

LELIE.

Ie vais le pouffer.

MASCARILLE.

Faites ce qu'il vous plaift.

LELIE.

Tu n'auras pas regret de m'arracher la vie!

MASCARILLE.

Non.

LELIE.

Adieu Mafcarille.

ASCARILLE

Adieu Monfieur Lelie.

LELIE.

Quoy !...

MASCARILLE.

Tuez-vous donc vifte : ah! que de longs deuis !

LELIE.

Tu voudrois bien. ma foy. pour auoir mes habits.
Que ie fiſſe le ſot. & que ie me tuaſſe.

MASCARILLE.

Sçauois-ie pas qu'enfin ce n'eſtoit que grimace:
Et, quoy que ces eſprits iurent d'effectuer.
Qu'on n'eſt point aujourd'huy ſi prompt à ſe tuer.

SCENE VII.

Leandre, Trufaldin, Lelie, Maſcarille.

LELIE.

Que vois-ie! mon riual & Trufaldin enſemble!
Il achette Celie; ah! de frayeur ie tremble.

MASCARILLE.

Il ne faut point douter qu'il fera ce qu'il peut.
Et, s'il a de l'argent, qu'il pourra ce qu'il veut
Pour moy, i'en ſuis rauy; voilà la recompenſe
De vos bruſques erreurs. de voſtre impatience.

LELIE.

Que dois-ie faire? dy, veüille me conſeiller.

MASCARILLE.

Ie ne ſçay.

LELIE.

Laiſſe-moy, ie vais le quereller.

MASCARILLE..

Qu'en arriuera-t-il?

LELIE.

Que veux-tu que ie faſſe
Pour empeſcher ce coup?

MASCARILLE.

Allez, ie vous fais grace;
Ie iette encore vn œil pitoyable ſur vous,
Laiſſez-moy l'obſeruer par des moyens plus doux;
Ie vay, comme ie croy, ſçauoir ce qu'il proiette.

TRVFALDIN.

Quand on viendra tantoſt, c'eſt vne affaire faitte.

MASCARILLE.

Il faut que ie l'atrappe, & que de ſes deſſeins
Ie ſois le confident pour mieux les rendre vains.

LEANDRE.

Graces au Ciel, voila mon bonheur hors d'attiente,
I'ay ſçeu me l'aſſeurer, & ie n'ay plus de crainte;
Quoy que deſormais puiſſe entreprendre vn riual,
Il n'eſt plus en pouuoir de me faire du mal.

MASCARILLE.

Ahi, ahi, à l'ayde, au meurtre, au ſecours, on m'aſſomme,
Ah, ah, ah, ah, ah, ah, ô traiſtre! ô bourreau d'homme!

LEANDRE.

D'où procede cela? qu'eſt-ce? que te fait-on?

MASCARILLE.

On vient de me donner deux cent coups de baſton.

LEANDRE.

Qui?

MASCARILLE.
Lelie.

LEANDRE.
Et pourquoy?

MASCARILLE.
                    Pour vne bagatelle.
Il me chaſſe & me bat d'vne façon cruelle.

LEANDRE.
Ah! vrayment il a tort.

MASCARILLE.
                    Mais, ou ie ne pourray,
Ou ie iure bien fort, que ie m'en vengeray:
Ouy, ie te feray voir, batteur que Dieu confonde,
Que ce n'eſt pas pour rien qu'il faut roüer le monde:
Que ie fuis vn valet, mais fort homme d'honneur,
Et qu'apres m'auoir eu quatre ans pour feruiteur,
Il ne me falloit pas payer en coups de gaules,
Et me faire vn affront ſi ſenſible aux eſpaules:
Ie te le dis encor, ie ſçauray m'en venger:
Vne eſclaue te plaiſt, tu voulois m'engager
A la mettre en tes mains, & ie veux faire en forte
Qu'vn autre te l'enleue, ou le diable m'emporte.

LEANDRE.
Eſcoute, Mafcarille, & quitte ce tranſport;
Tu m'as pleu de tout temps, & ie ſouhaitois fort
Qu'vn garçon comme toy plein d'eſprit & fidele,
A mon feruice un iour puſt attacher ſon zele:
Enfin, ſi le party te ſemble bon pour toy,
Si tu veux me feruir, ie t'arreſte auec moy.

MASCARILLE.
Ouy, Monſieur, d'autant mieux que le deſtin propice

M'offre à me bien venger en vous rendant feruice,
Et que dans mes efforts pour vos contentemens,
Ie puis à mon brutal trouuer des chaftiments.
De Celie en vn mot par mon adreffe extréme...

LEANDRE.

Mon amour s'eft rendu cét office luy-mefme,
Enflâmé d'vn objet qui n'a point de defaut,
Ie viens de l'achetter moins encor qu'il ne vaut.

MASCARILLE.

Quoy? Celie eft à vous?

LEANDRE.

              Tu la verrois paroiftre,
Si de mes actions i'eftois tout à fait maiftre :
Mais quoy! mon pere l'eft, comme il a volonté,
Ainfi que ie l'apprends d'vn paquet apporté,
De me determiner à l'hymen d'Hypolite,
l'empefche qu'vn rapport de tout cecy l'irrite.
Donc auec Trufaldin, car ie fors de chez luy,
I'ay voulu tout exprés agir au nom d'autruy,
Et l'achat fait, ma bague eft la marque choifie,
Sur laquelle au premier il doit liurer Celie;
Ie fonge auparauant à chercher les moyens
D'ofter aux yeux de tous ce qui charme les miens,
A trouuer promptement vn endroit fauorable,
Où puiffe eftre en fecret cette captiue aymable.

MASCARILLE.

Hors de la ville vn peu, ie puis auec raifon,
D'vn vieux parent que i'ay vous offrir la maifon,
Là, vous pourrez la mettre auec toute affeurance,
Et de cette action nul n'aura connoiffance.

LEANDRE.

Ouy, ma foy, tu me fais vn plaisir souhaité.
Tien donc, & va pour moy prendre cette beauté.
Dés que par Trufaldin ma bague sera veuë,
Aussi-tost en tes mains elle sera renduë.
Et dans cette maison tu me la conduiras
Quand... Mais chut. Hypolite est icy sur nos pas.

SCENE VIII.

Hypolite, Leandre, Mascarille.

HYPOLITE.

Ie dois vous annoncer, Leandre, vne nouuelle:
Mais la treuuerez-vous agreable, ou cruelle?

LEANDRE.

Pour en pouuoir iuger, & répondre soudain,
Il faudroit la sçauoir.

HYPOLITE.

      Donnez-moy donc la main
Iusqu'au Temple, en marchant ie pourray vous l'apprendre.

LEANDRE.

Va, va-t'en me seruir sans dauantage attendre.

MASCARILLE.

Ouy, ie te vay seruir d'vn plat de ma façon;
Fut-il iamais au monde vn plus heureux garçon!
O! que dans vn moment Lelie aura de ioye!
Sa maistresse en nos mains tomber par cette voye!
Receuoir tout son bien, d'où l'on attend le mal!
Et deuenir heureux par la main d'vn riual!

Aprés ce rare exploit, ie veux que l'on s'apprefte
A me peindre en Heros vn laurier fur la tefte,
Et qu'au bas du portrait on mette en lettres d'or,
Viuat Mafcarillus, fourbum Imperator.

SCENE IX.

Trufaldin, Mafcarille.

MASCARILLE.

Hola.

TRVFALDIN.

Que voulez-vous?

MASCARILLE.

Cette bague connüe,
Vous dira le fujet qui caufe ma venuë.

TRVFALDIN.

Ouy, ie reconnois bien la bague que voila:
Ie vais querir l'efclaue, arreftez vn peu là.

SCENE X.

Le Courrier, Trufaldin, Mafcarille.

LE COVRRIER.

Seigneur, obligez-moy de m'enfeigner vn homme...

TRVFALDIN.

Et qui?

LE COVRRIER.

Ie croy que c'eft Trufaldin qu'il fe nomme.

TRVFALDIN.

Et que luy voulez-vous? vous le voyez icy.

LE COVRRIER.

Luy rendre seulement la lettre que voicy.

Lettre.

Le Ciel dont la bonté prend soucy de ma vie,
Vient de me faire oüir par vn bruit assez doux,
Que ma fille à quatre ans par des voleurs rauie,
Sous le nom de Celie est esclaue chez vous.

Si vous sceustes iamais ce que c'est qu'estre pere,
Et vous trouuez sensible aux tendresses du sang,
Conseruez-moy chez vous cette fille si chere,
Comme si de la vostre elle tenoit le rang.

Pour l'aller retirer, ie pars d'icy moy-mesme,
Et vous vais de vos soins recompenser si bien,
Que par votre bonheur que ie veux rendre extréme,
Vous benirez le iour où vous causez le mien.

De Madrid.

DOM PEDRO DE GVSMAN.
MARQVIS DE MONTALCANE.

TRVFALDIN.

Quoy qu'à leur Nation bien peu de foy soit deuë,
Ils me l'auoient bien dit, ceux qui me l'ont venduë.
Que ie verrois dans peu quelqu'vn la retirer,
Et que ie n'aurois pas sujet d'en murmurer :
Et cependant i'allois par mon impatience,
Perdre aujourd'huy les fruits d'vne haute esperance.
Vn seul moment plus tard tous vos pas estoient vains,
I'allois mettre en l'instant cette fille en ses mains;
Mais suffit, i'en aurai tout le soin qu'on desire.
Vous-mesme, vous voyez ce que ie viens de lire :
Vous direz à celuy qui vous a fait venir,

Que ie ne luy fçaurois ma parole tenir.
Qu'il vienne retirer fon argent.

MASCARILLE.

                Mais l'outrage
Que vous luy faites...

TRVFALDIN.

          Va, fans caufer dauantage.

MASCARILLE.

Ah! le fâcheux paquet que nous venons d'auoir!
Le fort a bien donné la baye à mon efpoir!
Et bien à la male-heure eft-il venu d'Efpagne,
Ce courrier que la foudre, ou la grefle accompagne;
Iamais, certes, iamais, plus beau commencement
N'euft en fi peu de temps plus trifte euenement.

SCENE XI.

Lelie, Mafcarille.

MASCARILLE.

Quel beau tranfport de ioye à prefent vous infpire?

LELIE.

Laiffe m'en rire encor auant que te le dire.

MASCARILLE.

Çà, rions donc bien fort, nous en auons fujet.

LELIE.

Ah! ie ne feray plus de tes plaintes l'objet.
Tu ne me diras plus, toy qui toûjours me cries,
Que ie gafte en broüillon toutes tes fourberies :
I'ay bien ioüé moy-mefme vn tour des plus adroits.

Il eſt vray. ie ſuis prompt & m'emporte par fois;
Mais pourtant, quand ie veux, i'ay l'imaginatiue
Auſſi bonne en effet, que perſonne qui viue;
Et toy-meſme aduoüras que ce que i'ay fait part
D'vne pointe d'eſprit où peu de monde a part.

MASCARILLE.

Sçachons donc ce qu'a fait cette imaginatiue.

LELIE.

Tantoſt, l'eſprit eſmeu d'vne frayeur bien viue,
D'auoir veu Trufaldin auecque mon riual,
Ie ſongeois à trouuer vn remede à ce mal,
Lors que me ramaſſant tout entier en moy-meſme,
I'ay conçeu, digeré, produit vn ſtratageſme,
Deuant qui tous les tiens, dont tu fais tant de cas,
Doiuent ſans contredit, mettre pauillon bas.

MASCARILLE.

Mais qu'e-ce?

LELIE.

          Ah! s'il te plaiſt, donne toy patience;
I'ay donc feint vne lettre auecque diligence,
Comme d'vn grand Seigneur écrite à Trufaldin,
Qui mande, qu'ayant ſceu par vn heureux deſtin,
Qu'vne eſclaue qu'il tient ſous le nom de Celie,
Eſt ſa fille autrefois par des voleurs rauie,
Il veut la venir prendre, & le coniure au moins
De la garder toûjours, de luy rendre des ſoins;
Qu'à ce ſujet il part d'Eſpagne, & doit pour elle
Par de ſi grands preſents reconnoiſtre ſon zele,
Qu'il n'aura point regret de cauſer ſon bonheur.

MASCARILLE.

Fort bien.

LELIE.

Efcoute donc; voicy bien le meilleur.
La Lettre que ie dis a donc efté remife;
Mais, fçais-tu bien comment? en faifon fi bien prife,
Que le porteur m'a dit que fans ce trait falot,
Vn homme l'emmenoit qui s'eft trouué fort fot.

MASCARILLE.

Vous auez fait ce coup fans vous donner au diable?

LELIE.

Ouy, d'vn tour fi fubtil m'aurois-tu crû capable?
Louë au moins mon adreffe, & la dexterité,
Dont ie romps d'vn riual le deffein concerté.

MASCARILLE.

A vous pouuoir loüer felon voftre merite,
Ie manque d'eloquence, & ma force eft petite;
Ouy, pour bien étaler cét effort releué,
Ce bel exploit de guerre à nos yeux acheué,
Ce grand & rare effet d'vne imaginatiue,
Qui ne cede en vigueur à perfonne qui viue,
Ma langue eft impuiffante, & ie voudrois auoir
Celles de tous les gens du plus exquis fçauoir,
Pour vous dire en beaux Vers, ou bien en docte Profe,
Que vous ferez toûjours, quoy que l'on fe propofe,
Tout ce que vous auez efté durant vos iours;
C'eft à dire, vn efprit chauffé tout à rebours,
Vne raifon malade, & toûjours en débauche,
Vn enuers du bon fens, vn iugement à gauche,
Vn broüillon, vne befte, vn brufque, vn eftourdy,
Que fçay-ie, vn, cent fois plus encor que ie ne dy,
C'eft faire en abregé voftre panegyrique.

LELIE.

Apprends moy le fujet qui contre moy te pique :
Ay-ie fait quelque chofe? éclaircy moy ce poinct.

MASCARILLE.

Non, vous n'auez rien fait; mais ne me fuiuez point.

LELIE.

Ie te fuiuray par tout, pour fçauoir ce myftere.

MASCARILLE.

Ouy? fus donc, preparez vos iambes à bien faire :
Car ie vais vous fournir dequoy les exercer.

LELIE.

Il m'efchape! ô malheur qui ne fe peut forcer!
Au difcours qu'il m'a fait que fçaurois-ie comprendre?
Et quel mauuais office aurois-ie pû me rendre?

Fin du fecond Acte.

ACTE III.

SCENE PREMIERE.

Mafcarille feul.

AISEZ-VOUS, ma bonté, cessez voftre entretien
Vous estes vne fotte, & ie n'en feray rien;
Ouy, vous auez raifon, mon courroux, ie l'aduoüe
Relier tant de fois ce qu'vn broüillon dénoüe,
C'eft trop de patience; & ie dois en fortir
Après de fi beaux coups qu'il a fçeu diuertir.
Mais auffi, raifonnons vn peu fans violence;
Si ie fuis maintenant ma iufte impatience.
On dira que ie cede à la difficulté,
Que ie me trouue à bout de ma fubtilité;
Et que deuiendra lors cette publique eftime,
Qui te vante partout pour un fourbe fublime,
Et que tu t'es acquife en tant d'occafions,
A ne t'eftre iamais veu court d'inuentions?
L'honneur, ô Mafcarille, eft vne belle chofe :
A tes nobles trauaux ne fais aucune paufe;
Et, quoy qu'vn maiftre ait fait pour te faire enrager,
Acheue pour ta gloire, & non pour l'obliger.
Mais quoy! que feras-tu, que de l'eau toute claire
Trauerfé fans repos par ce demon contraire?
Tu vois qu'à chaque inftant il te fait déchanter,

Et que c'eſt battre l'eau, de pretendre arreſter
Ce torrent effrené, qui de tes artifices
Renuerſe en vn moment les plus beaux Edifices.
Et bien, pour toute grace, encore vn coup du moins,
Au hazard du ſuccez ſacrifions des ſoins;
Et s'il pourſuit encor à rompre noſtre chance,
I'y conſens, oſtons luy toute noſtre aſſiſtance.
Cependant noſtre affaire encor n'iroit pas mal,
Si par là nous pouuions perdre noſtre riual,
Et que Leandre enfin, laſſé de ſa pourſuitte,
Nous laiſſaſt iour entier pour ce que ie medite,
Ouy, ie roule en ma teſte vn trait ingenieux,
Dont ie promettrois bien vn ſuccez glorieux,
Si ie puis n'auoir plus cét obſtacle à combattre :
Bon, voyons ſi ſon feu ſe rend opiniâtre.

SCENE II.

Leandre, Maſcarille.

MASCARILLE.

Monſieur, i'ay perdu temps, voſtre homme ſe dédit.

LEANDRE.

De la choſe luy-meſme il m'a fait vn recit;
Mais, c'eſt bien plus, i'ay ſçeu que tout ce beau myſtére,
D'vn rapt d'Egyptiens, d'vn grand Seigneur pour pere,
Qui doit partir d'Eſpagne, & venir en ces lieux,
N'eſt qu'vn pur ſtratageme, vn trait facetieux,
Vne hiſtoire à plaiſir, vn conte dont Lelie
A voulu détourner noſtre achat de Celie.

MASCARILLE.

Voyez vn peu la fourbe!

LEANDRE.

                    Et pourtant Trufaldin
Èſt ſi bien imprimé de ce conte badin,
Mord ſi bien à l'appas de cette foible ruſe,
Qu'il ne veut point ſouffrir que l'on le deſabuſe.

MASCARILLE.

C'eſt pourquoy deſormais il la gardera bien,
Et ie ne voy pas lieu d'y pretendre plus rien.

LEANDRE.

Si d'abord à mes yeux elle parut aymable,
Ie viens de la trouver tout à fait adorable,
Et ie ſuis en ſuſpens, ſi pour me l'acquerir,
Aux extrémes moyens ie ne dois point courir,
Par le don de ma foy rompre ſa deſtinée,
Et changer ſes liens en ceux de l'hymenée.

MASCARILLE.

Vous pourriez l'épouſer!

LEANDRE.

                    Ie ne ſçay : mais enfin,
Si quelque obſcurité ſe treuue en ſon deſtin,
Sa grace & ſa vertu ſont de douces amorces,
Qui pour tirer les cœurs ont d'incroyables forces.

MASCARILLE.

Sa vertu, dittes-vous?

LEANDRE.

                    Quoy! que murmures-tu?
Acheue, explique-toi ſur ce mot de vertu.

MASCARILLE.

Monſieur, voſtre viſage en un moment s'altere,
Et ie feray bien mieux peut-eſtre de me taire.

LEANDRE.

Non, non, parle.

MASCARILLE.

          Hé bien donc. tres-charitablement,
Ie vous veux retirer de voſtre aueuglement.
Cette fille...

LEANDRE.

          Pourſuy.

MASCARILLE.

          N'eſt rien moins qu'inhumaine;
Dans le particulier elle oblige ſans peine,
Et ſon cœur, croyez-moy. n'eſt point roche apres tout.
A quiconque la ſçait prendre par le bon bout;
Elle fait la ſucrée, & veut paſſer pour prude;
Mais ie puis en parler auecque certitude;
Vous ſçauez que ie ſuis quelque peu d'vn meſtier.
A me deuoir connoiſtre en vn pareil gibier.

LEANDRE.

Celie...

MASCARILLE.

          Ouy, ſa pudeur n'eſt que franche grimace,
Qu'vne ombre de vertu qui garde mal la place,
Et qui s'éuanoüit, comme l'on peut ſçauoir,
Aux rayons du ſoleil qu'une bource fait voir.

LEANDRE.

Las! que dis-tu? croiray-ie vn diſcours de la ſorte!

MASCARILLE.

Monſieur, les volontez ſont libres, que m'importe?

Non, ne me croyez pas, fuiuez voftre deffein.
Prenez cette matoife, & luy donnez la main;
Toute la ville en corps reconnoiftra ce zele,
Et vous efpouferez le bien public en elle.

LEANDRE.

Quelle furprife eftrange!

MASCARILLE.

                        l a pris l'hameçon;
Courage, s'il s'y peut enferrer tout de bon,
Nous nous oftons du pied vne fâcheufe efpine.

LEANDRE.

Ouy, d'vn coup eftonnant ce difcours m'affaffine.

MASCARILLE.

Quoy! vous pourriez!...

LEANDRE.

                        Va-t'en iufqu'à la pofte, & voy
Ie ne fçay quel paquet qui doit venir pour moy.
Qui ne s'y fut trompé? iamais l'air d'vn vifage,
Si ce qu'il dit eft vray, n'impofa d'auantage.

SCENE III.

Lelie, Leandre.

LELIE.

Du chagrin qui vous tient, quel peut eftre l'objet?

LEANDRE.

Moy?

LELIE.

        Vous-mefme.

LEANDRE.

Pourtant ie n'en ay point fujet.

LELIE.

Ie voy bien ce que c'eft, Celie en eft la caufe.

LEANDRE.

Mon efprit ne court pas apres fi peu de chofe.

LELIE.

Pour elle vous auiez pourtant de grands defTeins,
Mais il faut dire ainfi, lors qu'ils fe trouuent vains.

LEANDRE.

Si i'eftois affez fot, pour cherir fes careffes.
Ie me mocquerois bien de toutes vos fineffes.

LELIE.

Quelles fineffes donc?

LEANDRE.

Mon Dieu, nous fçauons tout.

LELIE.

Quoy?

LEANDRE.

Voftre procedé de l'vn à l'autre bout.

LELIE.

C'eft de l'Hebreu pour moy, ie n'y puis rien comprendre.

LEANDRE.

Feignez, fi vous voulez, de ne me pas entendre;
Mais, croyez-moy, ceffez de craindre pour vn bien,
Où ie ferois fafché de vous difputer rien;
I'ayme fort la beauté qui n'eft point prophanée.
Et ne veux point brûler pour vne abandonnée.

LELIE.

Tout beau, tout beau, Leandre.

LEANDRE.

Ah! que vous eftes bon!
Allez, vous dis-je encor, feruez-la fans foupçon,
Vous pourrez vous nommer homme à bonnes fortunes :
Il eft vray, fa beauté n'eft pas des plus communes;
Mais en reuanche auffi le refte eft fort commun.

LELIE.

Leandre, arreftons là ce difcours importun.
Contre moy tant d'efforts qu'il vous plaira pour elle;
Mais fur tout retenez cette atteinte mortelle :
Sçachez que ie m'impute à trop de lâcheté,
D'entendre mal parler de ma diuinité;
Et que i'auray toûjours bien moins de répugnance
A fouffrir voftre amour, qu'vn difcours qui l'offence.

LEANDRE.

Ce que i'aduance icy me vient de bonne part.

LELIE.

Quiconque vous l'a dit eft vn lafche, vn pendard;
On ne peut impofer de tache à cette fille :
Ie connois bien fon cœur.

LEANDRE.

Mais enfin Mafcarille,
D'vn femblable procez eft iuge competant;
C'eft luy qui la condamne.

LELIE.

Ouy?

LEANDRE.

Luy-mefme.

LELIE.

Il pretend
D'vne fille d'honneur infolemment médire,

Et que peut-eftre encor ie n'en feray que rire.
Gage qu'il fe dédit.

LEANDRE.

Et moy gage que non.

LELIE.

Parbleu, ie le ferois mourir fous le bafton,
S'il m'auoit foûtenu des fauffetez pareilles.

LEANDRE.

Moy, ie luy couperois fur le champ les oreilles,
S'il n'eftoit pas garant de tout ce qu'il m'a dit.

SCENE IV.

Lelie, Leandre, Mafcarille.

LELIE.

Ah! bon, bon! le voila, venez-çà, chien maudit.

MASCARILLE.

Quoy?

LELIE.

Langue de ferpent fertile en impoftures,
Vous ofez fur Celie attacher vos morfures!
Et luy calomnier la plus rare vertu,
Qui puiffe faire éclat fous vn fort abattu!

MASCARILLE.

Doucement, ce difcours eft de mon induftrie.

LELIE.

Non, non, point de clin d'œil, & point de raillerie;
Ie fuis aueugle à tout, fourd à quoy que ce foit;

Fuſt-ce mon propre frere, il me la payeroit;
Et ſur ce que i'adore, oſer porter le blaſme,
C'eſt me faire vne playe au plus tendre de l'ame;
Tous ces ſignes ſont vains, quels diſcours as-tu faits?

MASCARILLE.

Mon Dieu, ne cherchons point querelle, ou ie m'en vais.

LELIE.

Tu n'eſchaperas pas.

MASCARILLE.

Ahii.

LELIE.

Parle donc, confeſſe.

MASCARILLE.

Laiſſez-moy, ie vous dy que c'eſt un tour d'adreſſe.

LELIE.

Dépeſche, qu'as-tu dit? vuide entre nous ce poinɛt.

MASCARILLE.

I'ay dit ce que i'ay dit, ne vous emportez point.

LELIE.

Ah! ie vous feray bien parler d'vne autre ſorte.

LEANDRE.

Alte vn peu, retenez l'ardeur qui vous emporte.

MASCARILLE.

Fut-il iamais au monde vn eſprit moins ſenſé!

LELIE.

Laiſſez-moy contenter mon courage offencé.

LEANDRE.

C'eſt trop que de vouloir le battre en ma preſence.

LELIE.

Quoy! chaſtier mes gens n'eſt pas en ma puiſſance?

LEANDRE.

Comment vos gens?

MASCARILLE.

Encor! il va tout découurir.

LELIE.

Quand i'aurois volonté de le battre à mourir,
Hé bien? c'eſt mon valet?

LEANDRE.

C'eſt maintenant le noſtre.

LELIE.

Le trait eſt admirable! & comment donc le voſtre?
Sans doute...

MASCARILLE *bas.*

Doucement.

LELIE.

Hem. que veux-tu conter?

MASCARILLE *bas.*

Ah! le double bourreau qui me va tout gaſter!
Et qui ne comprend rien quelque ſigne qu'on donne.

LELIE.

Vous reſuez bien, Leandre, & me la baillez bonne.
Il n'eſt pas mon valet?

LEANDRE.

Pour quelque mal commis,
Hors de voſtre ſeruice il n'a pas eſté mis?

LELIE.

Ie ne ſçay ce que c'eſt.

LEANDRE.

Et plein de violence,
Vous n'auez pas chargé ſon dos auec outrance?

LELIE.

Point du tout. Moy ? l'auoir chaſſé, roüé de coups ?
Vous vous mocquez de moy, Leandre, ou luy de vous.

MASCARILLE.

Pouſſe, pouſſe, bourreau, tu fais bien tes affaires.

LEANDRE.

Donc les coups de baſton ne ſont qu'imaginaires.

MASCARILLE.

Il ne ſçait ce qu'il dit, ſa memoire...

LEANDRE.

       Non, non,
Tous ces ſignes pour toy ne diſent rien de bon ;
Ouy, d'vn tour delicat mon eſprit te ſoupçonne ;
Mais, pour l'inuention, va, ie te le pardonne ;
C'eſt bien aſſez, pour moy, qu'il m'a deſabuſé,
De voir par quels motifs tu m'auois impoſé,
Et que m'eſtant commis à ton zele hipocrite,
A ſi bon compte encor ie m'en ſois trouué quitte :
Cecy doit s'appeller vn aduis au lecteur.
Adieu, Lelie, adieu, tres-humble ſeruiteur.

MASCARILLE.

Courage, mon garçon, tout heur nous accompagne,
Mettons flamberge au vent, & brauoure en campagne,
Faiſons *L'Olibrius, l'Occiſeur d'innocens.*

LELIE.

Il t'auoit accuſé de diſcours médiſans
Contre...

MASCARILLE.

   Et vous ne pouuiez ſouffrir mon artifice ?
Luy laiſſer ſon erreur, qui vous rendoit ſeruice,
Et par qui ſon amour s'en eſtoit preſque allé ?

Non, il a l'efprit franc, & point diffimulé :
Enfin, chez fon riual ie m'ancre auec adreffe,
Cette fourbe en mes mains va mettre fa maiftreffe ;
Il me la fait manquer auec de faux rapports :
Ie veux de fon riual allentir les tranfports ;
Mon braue incontinent vient qui le defabufe,
I'ay beau luy faire figne, & montrer que c'eft rufe ;
Point d'affaire, il pourfuit fa pointe iufqu'au bout,
Et n'eft point fatisfait qu'il n'ait découuert tout :
Grand & fublime effort d'vne imaginatiue
Qui ne le cede point à perfonne qui viue !
C'eft vne rare piece ! & digne fur ma foy,
Qu'on en faffe prefent au cabinet d'vn roy !

LELIE.

Ie ne m'eftonne pas fi ie romps tes attentes ;
A moins d'eftre informé des chofes que tu tentes,
I'en ferois encor cent de la forte.

MASCARILLE.

Tant pis.

LELIE.

Au moins, pour t'emporter à de iuftes dépits,
Fay moy dans tes deffeins entrer de quelque chofe
Mais que de leurs refforts la porte me foit claufe,
C'eft ce qui fait toûjours que je fuis pris fans vert.

MASCARILLE.

Ie crois que vous feriez vn maiftre d'arme expert :
Vous fçauez à merueille en toutes aduantures
Prendre les contretemps, & rompre les mefures.

LELIE.

Puifque la chofe eft faitte, il n'y faut plus penfer :
Mon riual en tout cas ne peut me trauerfer,

Et pourueu que tes foins en qui ie me repofe...

MASCARILLE.

Laiffons-là ce difcours, & parlons d'autre chofe,
Ie ne m'appaife pas, non, fi facilement,
Ie fuis trop en colere; il faut premierement
Me rendre vn bon office, & nous verrons en fuitte,
Si ie dois de vos feux reprendre la conduitte.

LELIE.

S'il ne tient qu'à cela, ie n'y refifte pas;
As-tu befoin, dis-moy, de mon fang? de mes bras?

MASCARILLE.

De quelle vifion fa ceruelle eft frappée!
Vous eftes de l'humeur de ces amis d'efpée,
Que l'on trouue toufiours plus prompts à dégainer,
Qu'à tirer vn tefton, s'il falloit le donner.

LELIE.

Que puis-ie donc pour toy?

MASCARILLE.

                    C'eft que de voftre pere,
Il faut abfolument appaifer la colere.

LELIE.

Nous auons fait la paix.

MASCARILLE.

                    Ouy, mais non pas pour nous :
Ie l'ay fait ce matin mort pour l'amour de vous;
La vifion le choque, & de pareilles feintes
Aux vieillards, comme luy, font de dures atteintes,
Qui fur l'eftat prochain de leur condition,
Leur font faire à regret trifte reflexion :
Le bon homme, tout vieux, cherit fort la lumiere,

Et ne veut point de ieu deffus cette matiere:
Il craint le pronoftic, & contre moy fafché.
On m'a dit qu'en iuftice il m'auoit recherché :
I'ay peur, fi le logis du Roy fait ma demeure,
De m'y trouuer fi bien dés le premier quart d'heure.
Que i'aye peine auffi d'en fortir par apres :
Contre moy dés long-temps on a force decrets :
Car enfin, la vertu n'eft iamais fans enuie,
Et dans ce maudit fiecle, eft toûjours pourfuiuie.
Allez donc le fléchir.

LELIE.

Ouy, nous le fléchirons;
Mais auffi tu promets...

MASCARILLE.

Ah! mon Dieu, nous verrons.
Ma foy, prenons haleine apres tant de fatigues,
Ceffons pour quelque temps le cours de nos intrigues,
Et de nous tourmenter de mefme qu'vn lutin :
Leandre, pour nous nuire, eft hors de garde enfin,
Et Celie arreftée auecque l'artifice...

SCENE V.

Ergafte, Mafcarille

ERGASTE.

Ie te cherchois par tout pour te rendre vn feruice,
Pour te donner aduis d'vn fecret important.

MASCARILLE.

Quoy donc?

I.   5

ERGASTE.

N'auons-nous point icy quelque écoutant?

MASCARILLE.

Non.

ERGASTE.

Nous sommes amis autant qu'on le peut estre,
Ie sçay bien tes desseins, & l'amour de ton maistre;
Songez à vous tantost, Leandre fait party
Pour enleuer Celie, & i'en suis aduerty,
Qu'il a mis ordre à tout, & qu'il se persuade
D'entrer chez Trufaldin par vne mascarade,
Ayant sçeu qu'en ce temps, assez souuent le soir,
Des femmes du Quartier en masque l'alloient voir.

MASCARILLE.

Ouy! suffit; il n'est pas au comble de sa ioye,
Ie pourray bien tantost luy souffler cette proye;
Et contre cét assaut ie sçais vn coup fourré,
Par qui ie veux qu'il soit de luy-mesme enferré;
Il ne sçait pas les dons dont mon ame est pourueuë.
Adieu, nous boirons pinte à la première veuë.
Il faut, il faut tirer à nous ce que d'heureux
Pourroit auoir en soy ce projet amoureux,
Et par vne surprise adroitte, & non commune,
Sans courir le danger en tenter la fortune :
Si ie vais me masquer pour devancer ses pas,
Leandre asseurément ne nous brauera pas;
Et là premier que luy, si nous faisons la prise,
Il aura fait pour nous les frais de l'entreprise;
Puisque par son dessein desia presque euanté,
Le soupçon tombera toûjours de son costé,
Et que nous à couuert de toutes ses pourfuites,

De ce coup hazardeux ne craindrons point les fuittes.
C'eſt de ſe point commettre à faire de l'éclat.
Et tirer les marrons de la patte du chat :
Allons donc nous maſquer auec quelques bons freres.
Pour préuenir nos gens, il ne faut tarder gueres :
Ie ſçais où giſt le lieure, & me puis ſans trauail
Fournir en vn moment d'hommes, & d'attirail ;
Croyez que ie mets bien mon adreſſe en vſage,
Si i'ay receu du Ciel les fourbes en partage,
Ie ne ſuis point au rang de ces eſprits mal nez,
Qui cachent les talens que Dieu leur a donnez.

SCENE VI.

Lelie, Ergaſte.

LELIE.

Il pretend l'enleuer auec ſa maſcarade ?

ERGASTE.

Il n'eſt rien plus certain ; quelqu'vn de ſa brigade
M'ayant de ce deſſein inſtruit, ſans m'arreſter,
A Maſcarille lors i'ay couru tout conter,
Qui s'en va, m'a-t'il dit, rompre cette partie,
Par vne inuention deſſus le champ baſtie ;
Et comme ie vous ay rencontré par haſard,
I'ay crû que ie deuois de tout vous faire part.

LELIE.

Tu m'obliges par trop auec cette nouvelle :
Va, ie reconnoiſtray ce ſeruice fidelle.
Mon drôle aſſeurément leur ioüera quelque trait :

Mais ie veux de ma part feconder fon projet :
Il ne fera pas dit qu'en vn fait qui me touche,
Ie ne me fois non plus remué qu'vne fouche ;
Voicy l'heure, ils feront furpris à mon afpeɕ,
Foin, que n'ay-ie auec moy pris mon porte-refpeɕ ;
Mais, vienne qui voudra contre noſtre perfonne,
I'ay deux bons piſtolets, & mon efpée eſt bonne.
Hola, quelqu'vn, vn mot.

SCENE VII.

Lelie, Trufaldin.

TRVFALDIN.

Qu'eſt-ce ? qui me vient voir ?

LELIE.

Fermez foigneufement voſtre porte ce foir.

TRVFALDIN.

Pourquoy ?

LELIE.

Certaines gens font vne mafcarade,
Pour vous venir donner vne fâcheufe aubade ;
Ils veulent enlever voſtre Celie.

TRVFALDIN.

O ! Dieux !

LELIE.

Et, fans doute bien-toſt, ils viennent en ces lieux ;
Demeurez, vous pourrez voir tout de la feneſtre :
Eh bien ! qu'auois-ie dit ? les voyez-vous paroiſtre ?
Chut, ie veux à vos yeux leur en faire l'affront,
Nous allons voir beau ieu, fi la corde ne rompt.

SCENE VIII.

Lelie, Trufaldin, Mafcarille masqué.

TRVFALDIN.

O! Les plaifans robins qui penfent me furprendre!

LELIE.

Mafques, où courez-vous? le pourroit-on apprendre?
Trufaldin, ouurez-leur pour ioüer vn momon:
Bon Dieu! qu'elle eft iolie! & qu'elle a l'air mignon!
Et quoy! vous murmurez! mais, fans vous faire outrage,
Peut-on leuer le mafque, & voir voftre vifage?

TRVFALDIN.

Allez, fourbes méchans, retirez-vous d'icy.
Canaille; & vous Seigneur, bon foir, & grand mercy.

LELIE.

Mafcarille, eft-ce toy?

MASCARILLE.

Nenny da, c'eft quelqu'autre.

LELIE.

Helas! quelle furprife! & quel fort eft le noftre!
L'aurois-ie deuiné! n'eftant point aduerty
Des fecrettes raifons qui t'auoient trauefty!
Malheureux que ie fuis, d'auoir deffous ce mafque,
Efté fans y penfer te faire cette frafque!
Il me prendroit ennuie, en ce iufte courroux,
De me baftre moy-mefme, & me donner cent coups.

MASCARILLE.

Adieu, fublime efprit; rare imaginatiue.

LELIE.

Las! fi de ton fecours ta colere me priue,
A quel Sainct me voüeray-je ?

MASCARILLE.

                    Au grand diable d'Enfer.

LELIE.

Ah! fi ton cœur pour moy n'eft de bronze, ou de fer,
Qu'encore vn coup, du moins, mon imprudence ait grace,
S'il faut pour l'obtenir que tes genoux i'embraffe,
Voy moy...

MASCARILLE.

        Tarare, allons camarades, allons.
I'entends venir des gens qui font fur nos talons.

SCENE IX.

Leandre masqué, & fa fuite, *Trufaldin*.

LEANDRE.

Sans bruit; ne faifons rien que de la bonne forte.

TRVFALDIN.

Quoy! mafques toute nuit affiegeront ma porte!
Meffieurs, ne gagnez point de rheumes à plaifir,
Tout cerueau qui le fait, eft certes de loifir;
Il eft vn peu trop tard pour enleuer Celie,
Difpenfez-l'en ce foir, elle vous en fuplie :
La belle eft dans le lit, & ne peut vous parler;
I'en fuis fafché pour vous : Mais, pour vous régaler
Du foucy qui pour elle icy vous inquiette,

Elle vous fait preſent de cette caſſollette.

LEANDRE.

Fy, cela ſent mauuais, & ie ſuis tout gaſté;
Nous ſommes découuerts, tirons de ce coſté.

Fin du troiſiéme Acte.

ACTE IV.

SCENE PREMIERE.

Lelie, Mascarille.

MASCARILLE.

OUS voilà fagoté d'vne plaifante forte.

LELIE.

Tu ranimes par là mon efpérance morte.

MASCARILLE.

Toufiours de ma colere on me voit reuenir;

I'ay beau iurer, pefter, ie ne puis m'en tenir.

LELIE.

Auffi, croy, fi iamais ie fuis dans la puiffance,

Que tu feras content de ma reconnoiffance;

Et, que, quand ie n'aurois qu'vn seul morceau de pain...

MASCARILLE.

Bafte, fongez à vous, dans ce nouueau deffein;

Au moins fi l'on vous voit commettre vne fottife,

Vous n'imputerez plus l'erreur à la furprife,

Voftre rôle en ce ieu, par cœur doit eftre fçeu.

LELIE.

Mais comment Trufaldin chez luy t'a-t'il reçeu?

MASCARILLE.

D'vn zele fimulé i'ay bridé le bon fire;

Auec empreffement ie fuis venu luy dire,

S'il ne songeoit à luy, que l'on le surprendroit,
Que l'on couchoit en iouë, & de plus d'vn endroit
Celle, dont il a veu, qu'vne lettre en aduance,
Auoit si faussement diuulgué la naissance ;
Qu'on auoit bien voulu m'y mesler quelque peu ;
Mais que i'auois tiré mon épingle du ieu :
Et que, touché d'ardeur pour ce qui le regarde,
Ie venois l'aduertir de se donner de garde.
De là, moralisant, i'ay fait de grands discours,
Sur les fourbes qu'on voit icy-bas tous les iours :
Que, pour moy, las du monde, & de la vie infame,
Ie voulois trauailler au salut de mon ame ;
A m'esloigner du trouble, & pouuoir longuement,
Prés de quelque honneste homme estre paisiblement :
Que s'il le trouuoit bon, ie n'aurois d'autre enuie,
Que de passer chez luy le reste de ma vie :
Et que mesme à tel poinct il m'auoit sçeu rauir,
Que sans luy demander gages pour le seruir,
Ie mettrois en ses mains, que ie tenois certaines,
Quelque bien de mon pere, & le fruit de mes peines,
Dont, aduenant que Dieu de ce monde m'ostast,
I'entendois tout de bon que lui seul heritast.
C'estoit le vray moyen d'acquerir sa tendresse,
Et, comme pour resoudre auec vostre maistresse,
Des biais qu'on doit prendre à terminer vos vœux,
Ie voulois en secret vous aboucher tous deux,
Luy-mesme a sçeu m'ouurir vne voye assez belle,
De pouuoir hautement vous loger auec elle,
Venant m'entretenir d'vn fils priué du iour,
Dont cette nuict en songe il a veu le retour :
A ce propos, voicy l'histoire qu'il m'a ditte,
Et sur qui i'ay tantost nostre fourbe construitte.

LELIE.

C'eſt aſſez, ie ſçais tout : tu me l'as dit deux fois.

MASCARILLE.

Ouy, ouy; mais, quand i'aurois paſſé iuſques à trois,
Peut-eſtre encor qu'auec toute ſa ſuffiſance,
Voſtre eſprit manquera dans quelque circonſtance.

LELIE.

Mais, à tant differer ie me fais de l'effort.

MASCARILLE.

Ah! de peur de tomber, ne courons pas ſi fort.
Voyez-vous? vous auez la caboche vn peu dure :
Rendez-vous affermy deſſus cette aduanture.
Autrefois Trufaldin de Naples eſt ſorty,
Et s'appeloit alors *Zanobio Ruberty* :
Vn party qui cauſa quelque eſmeute ciuile,
Dont il fut ſeulement ſoupçonné dans ſa ville,
De fait, il n'eſt pas homme à troubler vn Eſtat,
L'obligea d'en ſortir vne nuit ſans éclat.
Vne fille fort ieune, & ſa femme laiſſées,
A quelque temps de là ſe trouuant treſpaſſées,
Il en eut la nouuelle, & dans ce grand ennuy,
Voulant dans quelque ville emmener auec luy,
Outre ſes biens, l'eſpoir qui reſtoit de ſa race,
Vn ſien fils Eſcollier, qui ſe nommoit Horace;
Il écrit à Bologne, où pour mieux eſtre inſtruit,
Vn certain maiſtre Albert ieune l'auoit conduit;
Mais pour ſe ioindre tous, le rendez-vous qu'il donne,
Durant deux ans entiers, ne luy fit voir perſonne :
Si bien, que les iugeant morts apres ce temps la,
Il vint en cette ville, & prit le nom qu'il a;
Sans que de cet Albert, ny de ce fils Horace,

Douze ans ayent découuert iamais la moindre trace.
Voila l'hiftoire en gros redicte feulement,
Afin de vous feruir icy de fondement.
Maintenant, vous ferez vn marchand d'Armenie,
Qui les aurez veu fains l'vn & l'autre en Turquie.
Si i'ay plutoft qu'aucun, vn tel moyen trouué,
Pour les reffufciter fur ce qu'il a refué,
C'eft qu'en fait d'aduanture, il eft tres-ordinaire,
De voir gens pris fur mer par quelque Turc Corfaire,
Puis eftre à leur famille à poinct nommé rendus.
Apres quinze ou vingt ans qu'on les a crû perdus.
Pour moy, i'ay veu defia cent contes de la forte.
Sans nous alambiquer, feruons nous-en, qu'importe?
Vous leur aurez ouy leur difgrace conter:
Et leur aurez fourny dequoy fe racheter.
Mais que party plutoft. pour chofe neceffaire,
Horace vous chargea de voir icy fon pere,
Dont il a fçeu le fort, & chez qui vous deuez
Attendre quelques iours qu'ils feroient arriuez;
Ie vous ay fait tantoft des leçons eftenduës.

LELIE.

Ces repetitions ne font que fuperfluës.
Dés l'abord mon efprit a compris tout le fait.

MASCARILLE.

Ie m'en vais la dedans donner le premier trait.

LELIE.

Efcoute Mafcarille, vn feul poinct me chagrine.
S'il alloit de fon fils me demander la mine?

MASCARILLE.

Belle difficulté! deuez-vous pas fçauoir
Qu'il eftoit fort petit alors qu'il l'a pû voir;

Et puis, outre cela, le temps & l'efclauage
Pourroient–ils pas auoir changé tout fon vifage ?

LELIE.

Il eft vray; mais dy moy, s'il connoit qu'il m'a veu,
Que faire ?

MASCARILLE.

De memoire eftes–vous depourueu ?
Nous auons dit tantoft, qu'outre que voftre image
N'auoit dans fon efprit pû faire qu'vn paffage,
Pour ne vous auoir veu que durant vn moment,
Et le poil & l'habit déguifoient grandement.

LELIE.

Fort bien : mais, à propos, cét endroit de Turquie ?...

MASCARILLE.

Tout, vous dis–ie, eft égal, Turquie, ou Barbarie.

LELIE.

Mais, le nom de la ville où i'auray pû les voir ?

MASCARILLE.

Thunis. Il me tiendra, ie croy iufques au foir :
La repetition, dit–il, eft inutile,
Et i'ay defia nommé douze fois cette ville.

LELIE.

Va, va–t'en commencer, il ne me faut plus rien.

MASCARILLE.

Au moins, foyez prudent, & vous conduifez bien :
Ne donnez point icy de l'imaginatiue.

LELIE.

Laiffe moy gouuerner : que ton ame eft craintiue !

MASCARILLE.

Horace dans Bologne Efcolier; Trufaldin

Zanobio Ruberty. dans Naples Citadin;
Le Precepteur Albert...

LELIE.

Ah! c'eſt me faire honte,
Que de me tant preſcher; ſuis-ie vn ſot à ton conte?

MASCARILLE.

Non pas du tout; mais bien quelque choſe aprochant.

LELIE *feul.*

Quand il m'eſt inutile, il fait le chien couchant :
Mais, parce qu'il ſent bien le ſecours qu'il me donne,
Sa familiarité iuſques là s'abandonne.
Ie vais eſtre de prés éclairé des beaux yeux,
Dont la force m'impoſe vn ioug ſi precieux;
Ie m'en vais ſans obſtacle, auec des traits de flâme,
Peindre à cette beauté les tourmens de mon ame;
Ie ſçauray quel arreſt ie doy... mais les voicy.

SCENE II.

Trufaldin, Lelie, Maſcarille.

TRVFALDIN.

Sois beny, iuſte Ciel! de mon ſort adoucy.

MASCARILLE.

C'eſt à vous de réuer, & de faire des ſonges,
Puis qu'en vous, il eſt faux, que ſonges ſont menſonges.

TRVFALDIN.

Quelle grace, quels biens, vous rendray-ie, Seigneur?
Vous, que ie dois nommer l'Ange de mon bon-heur.

LELIE.

Ce ſont ſoins ſuperflus, & ie vous en diſpenſe.

TRVFALDIN.

I'ay, ie ne fçay pas où, vû quelque reſſemblance
De cét Armenien.

MASCARILLE.

C'eſt ce que ic diſois :
Mais on voit des rapports admirables par fois.

TRVFALDIN.

Vous auez veu ce fils où mon eſpoir ſe fonde ?

LELIE.

Ouy, Seigneur Trufaldin, le plus gaillard du monde.

TRVFALDIN.

Il vous a dit ſa vie, & parlé fort de moy ?

LELIE.

Plus de dix mille fois.

MASCARILLE.

Quelque peu moins, ie croy.

LELIE.

Il vous a dépeint tel que ic vous voy paroiſtre,
Le viſage, le port...

TRVFALDIN.

Cela pourroit-il eſtre ?
Si lors qu'il m'a pû voir il n'auoit que ſept ans ?
Et ſi ſon Precepteur meſme, depuis ce temps,
Auroit peine à pouuoir connoiſtre mon viſage ?

MASCARILLE.

Le ſang, bien autrement, conſerue cette image;
Par des traits ſi profonds, ce portrait eſt tracé,
Que mon pere...

TRVFALDIN.

Suffit. Où l'auez-vous laiſſé ?

LELIE.

En Turquie, à Thurin.

TRVFALDIN.

Thurin? mais cette ville
Eft, ie penfe, en Piedmont.

MASCARILLE.

O! cerueau mal-habile!
Vous ne l'entendez pas, il veut dire Thunis,
Et c'eft en effet là qu'il laiffa voftre fils :
Mais les Armeniens ont tous vne habitude,
Certain vice de langue à nous autres fort rude;
C'eft que dans tous les mots, ils changent nis en rin,
Et pour dire Thunis, ils prononcent Thurin.

TRVFALDIN.

Il falloit, pour l'entendre, auoir cette lumiere.
Quel moyen, vous dit-il, de rencontrer fon pere?

MASCARILLE.

Voyez s'il répondra. Ie repaffois vn peu
Quelque leçon d'efcrime; autrefois en ce ieu
Il n'eftoit point d'adreffe à mon adreffe égale,
Et i'ay battu le fer en mainte & mainte falle.

TRVFALDIN.

Ce n'eft pas maintenant ce que ie veux fçauoir.
Quel autre nom, dit-il, que ie deuois auoir?

MASCARILLE.

Ah! Seigneur Zanobio Ruberty, quelle ioye
Eft celle maintenant que le Ciel vous enuoye!

LELIE.

C'eft là voftre vray nom, & l'autre eft emprunté.

TRVFALDIN.

Mais, où vous a-t'il dit qu'il receut la clarté?

MASCARILLE.

Naples eft vn feiour qui paroift agreable :
Mais, pour vous, ce doit eftre vn lieu fort haïffable.

TRVFALDIN.

Ne peux-tu fans parler, fouffrir noftre difcours ?

LELIE.

Dans Naples fon deftin a commencé fon cours.

TRVFALDIN.

Où l'enuoyay-ie ieune ? & fous quelle conduitte ?

MASCARILLE.

Ce pauvre maiftre Albert a beaucoup de merite,
D'auoir depuis Bologne accompagné ce fils,
Qu'à fa difcretion vos foins auoient commis.

TRVFALDIN.

Ah !

MASCARILLE.

    Nous fommes perdus fi cet entretien dure.

TRVFALDIN.

Ie voudrois bien fçauoir de vous leur aduanture ;
Sur quel vaiffeau le fort qui m'a fçeu trauailler...

MASCARILLE.

Ie ne fçay ce que c'eft, ie ne fay que baailler ;
Mais, Seigneur Trufaldin, fongez-vous que peut-eftre,
Ce monfieur l'eftranger a befoin de repaiftre ?
Et qu'il eft tart auffi ?

LELIE.

    Pour moy, point de repas.

MASCARILLE.

Ah ! vous auez plus faim que vous ne penfez pas.

TRVFALDIN.

Entrez donc.

LELIE.

Apres vous.

MASCARILLE.

          Monſieur, en Armenie,
Les maiſtres du logis ſont ſans ceremonie.
Pauure eſprit! pas deux mots!

LELIE.

               D'abord il m'a ſurpris :
Mais n'aprehende plus, ie reprends mes eſprits,
Et m'en vais debiter auecque hardieſſe...

MASCARILLE.

Voicy noſtre riual qui ne ſçait pas la piece.

SCENE III.

Leandre, Anſelme.

ANSELME.

Arreſtez-vous, Leandre, & ſouffrez vn diſcours,
Qui cherche le repos, & l'honneur de vos iours :
Ie ne vous parle point en pere de ma fille,
En homme intereſſé pour ma propre famille;
Mais comme voſtre pere émû pour voſtre bien,
Sans vouloir vous flatter, & vous deguiſer rien:
Bref, comme ie voudrois, d'vne ame franche & pure,
Que l'on fiſt à mon ſang, en pareille aduanture.
Sçauez-vous de quel œil chacun voit cét amour,
Qui dedans vne nuit vient d'éclater au iour ?
A combien de diſcours, & de traits de riſée,
Voſtre entrepriſe d'hier eſt par tout expoſée ?

Quel iugement on fait du choix capricieux,
Qui pour femme, dit-on, vous defigne en ces lieux
Vn rebut de l'Egypte, vne fille coureuſe,
De qui le noble employ n'eſt qu'vn meſtier de gueuſe ?
I'en ay rougy pour vous, encor plus que pour moy,
Qui me trouue compris dans l'éclat que ie voy,
Moy, dis-ie, dont la fille, à vos ardeurs promiſe,
Ne peut ſans quelque affront ſouffrir qu'on la mépriſe.
Ah! Leandre, ſortez de cét abaiſſement;
Ouurez vn peu les yeux ſur voſtre aueuglement :
Si noſtre eſprit n'eſt pas ſage à toutes les heures,
Les plus courtes erreurs ſont toûjours les meilleures.
Quand on ne prend en dot que la ſeule beauté,
Le remords eſt bien prés de la ſolemnité,
Et la plus belle femme a tres peu de deffence.
Contre cette tiedeur qui fuit la ioüiſſance :
Ie vous le dis encor, ces boüillans mouuements,
Ces ardeurs de ieuneſſe, & ces emportemens,
Nous font trouuer d'abord quelques nuits agreables:
Mais ces felicitez ne ſont gueres durables,
Et noſtre paſſion allentiſſant ſon cours,
Apres ces bonnes nuits donnent de mauuais iours.
De là viennent les ſoins, les ſoucis, les miſeres,
Les fils des-heritez par le courroux des peres.

LEANDRE.

Dans tout voſtre diſcours, ie n'ay rien écouté,
Que mon eſprit defia ne m'ait repreſenté.
Ie ſçay, combien ie dois à cét honneur inſigne,
Que vous me voulez faire, & dont ie ſuis indigne;
Et vois, malgré l'effort dont ie ſuis combattu,
Ce que vaut votre fille, & quelle eſt ſa vertu :
Auſſi veux-ie taſcher...

ANSELME.

On ouure cette porte.
Retirons-nous plus loin, de crainte qu'il n'en forte
Quelque fecret poifon dont vous feriez furpris.

SCENE IV.

Lelie, Mafcarille.

MASCARILLE.

Bien-toft de noftre fourbe on verra le debris.
Si vous continuez des fottifes fi grandes.

LELIE.

Dois-ie eternellement ouyr tes reprimandes?
Dequoy te peux-tu plaindre? ay-ie pas reüffi
En tout ce que i'ay dit depuis...

MASCARILLE.

                    Couffi, couffi;
Témoins les Turcs par vous appellez heretiques.
Et que vous affeurez par fermens authentiques,
Adorer pour leurs Dieux la Lune, & le Soleil.
Paffe : ce qui me donne vn defpit nompareil,
Ceft, qu'icy voftre amour étrangement s'oublie
Prés de Celi, il eft ainfi que la boüillie,
Qui par vn trop grand feu s'enfle, croit iufqu'aux bords.
Et de tous les coftez fe répand au dehors.

LELIE.

Pourroit-on fe forcer à plus de retenuë!
Ie ne l'ay prefque point encore entretenuë.

MASCARILLE.

Ouy, mais ce n'eſt pas tout que de ne parler pas;
Par vos geſtes, durant vn moment de repas,
Vous auez aux ſoupçons donné plus de matiere,
Que d'autres ne feroient dans vne année entiere.

LELIE.

Et comment donc?

MASCARILLE.

       Comment? chacun a pû le voir.
A table, où Trufaldin l'oblige de ſe ſeoir,
Vous n'auez toûjours fait qu'auoir les yeux ſur elle;
Rouge, tout interdit, ioüant de la prunelle,
Sans prendre iamais garde à ce qu'on vous ſeruoit,
Vous n'auiez point de ſoif qu'alors qu'elle beuuoit;
Et dans ſes propres mains vous ſaiſiſſant du verre,
Sans le vouloir rinſer, ſans rien ietter à terre,
Vous beuuiez ſur ſon reſte, & montriez d'affecter
Le coſté qu'à ſa bouche elle auoit ſçeu porter.
Sur les morceaux touchez de ſa main delicate,
Ou mordus de ſes dents, vous eſtendiez la patte
Plus bruſquement qu'vn chat deſſus vne ſouris,
Et les aualiez tout ainſi que des pois gris.
Puis, outre tout cela, vous faiſiez ſous la table,
Vn bruit, vn triquetrac de pieds inſuportable;
Dont Trufaldin heurté de deux coups trop preſſans,
A puny par deux fois, deux chiens tres-innocens,
Qui, s'ils euſſent oſé, vous euſſent fait querelle :
Et puis apres cela voſtre conduite eſt belle?
Pour moy, i'en ay ſouffert la geſne ſur mon corps;
Malgré le froid, ie ſuë encor de mes efforts;
Attaché deſſus vous, comme vn ioüeur de boule,
Apres le mouuement de la ſienne qui roule,

Ie penfois retenir toutes vos actions,
En faifant de mon corps mille contorfions.

LELIE.

Mon Dieu! qu'il t'eft aifé de condamner des chofes,
Dont tu ne reffens point les agreables caufes!
Ie veux bien neantmoins, pour te plaire vne fois,
Faire force à l'amour qui m'impofe des loix :
Deformais...

SCENE V.

Lelie, Mafcarille, Trufaldin.

MASCARILLE.
Nous parlions des fortunes d'Horace.

TRVFALDIN.
C'eft bien fait. Cependant me ferez-vous la grace
Que ie puiffe luy dire vn feul mot en fecret?

LELIE.
Il faudroit autrement eftre fort indifcret.

TRVFALDIN.
Efcoute, fçais-tu bien ce que ie viens de faire?

MASCARILLE.
Non : mais fi vous voulez ie ne tarderay guere,
Sans doute, à le fçauoir.

TRVFALDIN.
                    D'vn chefne grand & fort,
Dont prés de deux cent ans ont fait defia le fort.
Ie viens de détacher vne branche admirable,
Choifie expreffement de groffeur raifonnable,
Dont i'ay fait fur le champ auec beaucoup d'ardeur,

Vn bafton à peu pres... ouy, de cette grandeur;
Moins gros par l'vn des bouts, mais plus que trente gaules
Propre, comme ie penfe, à roffer les efpaules;
Car il eft bien en main, vert, noüeux & maffif.

MASCARILLE.

Mais, pour qui, ie vous prie, vn tel preparatif ?

TRVFALDIN.

Pour toy premierement, puis pour ce bon apoftre,
Qui veut m'en donner d'vne, & m'en ioüer d'vn autre :
Pour cét Armenien, ce Marchand déguifé,
Introduit fous l'appas d'vn conte fuppofé.

MASCARILLE.

Quoy ? vous ne croyez pas ?...

TRVFALDIN.

                    Ne cherche point d'excufe,
Luy-mefme heureufement a découuert fa rufe,
Et difant à Celie, en luy ferrant la main,
Que pour elle il venoit fous ce pretexte vain,
Il n'a pas aperceu Ieannette ma fillole,
Laquelle a tout ouy parole pour parole;
Et ie ne doute point, quoy qu'il n'en ait rien dit,
Que tu ne fois de tout le complice maudit.

MASCARILLE.

Ah! vous me faites tort! s'il faut qu'on vous affronte,
Croyez qu'il m'a trompé le premier à ce conte.

TRVFALDIN.

Veux-tu me faire voir que tu dis verité ?
Qu'à le chaffer mon bras foit du tien affifté;
Donnons-en à ce fourbe, & du long, & du large,
Et de tout crime apres mon efprit te décharge.

MASCARILLE.

Ouy-da, tres-volontiers. ie l'efpoufteray bien.
Et par là vous verrez que ie n'y trempe en rien.
Ah! vous ferez roffé. monfieur de l'Armenie,
Qui toufiours gaftez tout.

SCENE VI.

Lelie, Trufaldin, Mafcarille.

TRVFALDIN.

   Vn mot. ie vous fuplie.
Donc. monfieur l'impofteur. vous ofez aniourd'huy
Dupper vn honnefte homme. & vous ioüer de luy?

MASCARILLE.

Feindre auoir veu fon fils en vne autre contrée!
Pour vous donner chez luy plus aifément entrée.

TRVFALDIN.

Vuidons. vuidons fur l'heure.

LELIE.

   Ah coquin!

MASCARILLE.

    C'eft ainfi
Que les fourbes...

LELIE.

Bourreau!

MASCARILLE

   Sont aiuftez icy.
Garde moy bien cela.

LELIE.

Quoy donc? ie ferois homme...

MASCARILLE.

Tirez, tirez, vous dis-ie, ou bien ie vous aſſomme.

TRVFALDIN.

Voila qui me plaiſt fort; rentre, ie ſuis content.

LELIE.

A moy! par vn valet cét affront éclattant!
L'auroit-on pû preuoir l'aétion de ce traiſtre!
Qui vient inſolemment de mal-traitter ſon maiſtre!

MASCARILLE.

Peut-on vous demander comment va voſtre dos?

LELIE.

Quoy? tu m'oſes encor tenir vn tel propos.

MASCARILLE.

Voila, voila que c'eſt, de ne voir pas Ieannette,
Et d'auoir en tout temps vne langue indiſcrette;
Mais pour cette fois cy, ie n'ay point de courroux.
Ie ceſſe d'éclatter, de peſter contre vous;
Quoy que de l'aétion l'imprudence ſoit haute,
Ma main ſur voſtre eſchine a laué voſtre faute.

LELIE.

Ah! ie me vengerai de ce trait déloyal.

MASCARILLE.

Vous vous eſtes cauſé vous-meſme tout le mal.

LELIE.

Moy!

MASCARILLE.

Si vous n'eſtiez pas vne ceruelle folle,
Quand vous auez parlé n'aguere à voſtre idole,
Vous auriez aperceu Ieannette ſur vos pas,
Dont l'oreille ſubtile a découuert le cas.

LELIE.

On auroit pù furprendre vn mot dit à Celie!

MASCARILLE.

Et d'où doncques viendroit cette prompte fortie?
Ouy, vous n'eftes dehors que par voftre caquet:
Ie ne fçay fi fouuent vous ioüez au piquet:
Mais, au moins, faittes-vous des écarts admirables.

LELIE.

O! le plus malheureux de tous les miferables!
Mais encore, pourquoy me voir chaffé par toy?

MASCARILLE.

Ie ne fis iamais mieux que d'en prendre l'employ:
Par là, i'empêche au moins que de cét artifice,
Ie ne fois foupçonné d'eftre autheur, ou complice.

LELIE.

Tu deuois donc, pour toy, frapper plus doucement.

MASCARILLE.

Quelque fot, Trufaldin lorgnoit exactement.
Et puis ie vous diray, fous ce pretexte vtile,
Ie n'eftois point fafché d'éuaporer ma bile :
Enfin la chofe eft faitte, & fi i'ay voftre foy,
Qu'on ne vous verra point vouloir venger fur moy.
Soit, ou directement, ou par quelqu'autre voye,
Les coups fur voftre rable affenez auec ioye,
Ie vous promets aydé par le pofte où ie fuis,
De contenter vos vœux auant qu'il foit deux nuits.

LELIE.

Quoy que ton traittement ait eu trop de rudeffe,
Qu'eft-ce que deffus moy ne peut cette promeffe?

MASCARILLE.

Vous me promettez donc?

LELIE.

Ouy, ie te le promets.

MASCARILLE.

Ce n'eſt pas encor tout, promettez que iamais
Vous ne vous mêlerez dans quoy que i'entreprenne.

LELIE.

Soit.

MASCARILLE.

Si vous y manquez, voſtre fiéure quartaine.

LELIE.

Mais tiens moy donc parole, & fonge à mon repos.

MASCARILLE.

Allez quitter l'habit, & graiſſer voſtre dos.

LELIE.

Faut-il que le malheur qui me fuit à la trace,
Me faſſe voir touſiours difgrace fur difgrace ?

MASCARILLE.

Quoy ! vous n'eſtes pas loin ! fortez viſte d'icy ;
Mais, fur tout, gardez-vous de prendre aucun foucy :
Puis que ie fais pour vous, que cela vous fuffife ;
N'aydez point mon projet de la moindre entreprife...
Demeurez en repos.

LELIE.

Ouy, va, ie m'y tiendray.

MASCARILLE.

Il faut voir maintenant quel biais ie prendray.

SCENE VII.

Ergafie, Mafcarille.

ERGASTE.

Mafcarille, ie viens te dire vne nouuelle,
Qui donne à tes deſſeins vne atteinte cruelle;
A l'heure que ie parle, vn ieune Egyptien,
Qui n'eſt pas noir pourtant & ſent aſſez ſon bien,
Arriue accompagné d'une vieille fort haue,
Et vient chez Trufaldin racheter cette eſclaue
Que vous vouliez. Pour elle, il paroiſt fort zelé.

MASCARILLE.

Sans doute, c'eſt l'amant dont Celie a parlé.
Fut-il iamais deſtin plus broüillé que le noſtre!
Sortant d'vn embarras nous entrons dans vn autre.
En vain nous apprenons que Leandre eſt au poinct
De quitter la partie, & ne nous troubler point;
Que ſon pere arriué contre toute eſperance,
Du coſté d'Hypolite emporte la balance;
Qu'il a tout fait changer par ſon authorité,
Et va dés auiourd'huy conclurre le traitté:
Lors qu'vn riual s'éloigne, vn autre plus funeſte
S'en vient nous enleuer tout l'eſpoir qui nous reſte :
Toutefois, par vn trait merueilleux de mon art,
Ie croy que ie pourray retarder ieur depart,
Et me donner le temps qui ſera neceſſaire,
Pour tacher de finir cette fameuſe affaire.
Il s'eſt fait vn grand vol, par qui, l'on n'en ſçait rien;
Eux autres rarement paſſent pour gens de bien :

Ie veux adroitement fur vn foupçon friuole,
Faire pour quelques iours emprifonner ce drole;
Ie fçay des Officiers de juftice alterez,
Qui font pour de tels coups de vrais deliberez :
Deffus l'auide efpoir de quelque paraguante,
Il n'eft rien que leur art aueuglement ne tente.
Et du plus innocent, toufiours à leur profit
La bource eft criminelle, & paye fon delit.

Fin du quatriéme Acte.

ACTE V.

SCENE PREMIERE.

Mascarille, Ergaste.

MASCARILLE.

A H chien! ah double chien! marine de ceruelle.
Ta perfecution fera-t'elle eternelle?

ERGASTE.

Par les foins vigilans de l'Exempt balafré,
Ton affaire alloit bien, le drôle eftoit cofré,
Si ton maiftre au moment ne fut venu luy-mefme,
En vray defefperé rompre ton ftratagefme :
Ie ne fçaurois fouffrir, a-t-il dit hautement,
Qu'vn honnefte homme foit traifné honteufement;
I'en répons fur fa mine, & ie le cautionne :
Et comme on refiftoit à lâcher fa perfonne,
D'abord il a chargé fi bien fur les recors,
Qui font gens d'ordinaire à craindre pour leur corps,
Qu'à l'heure que ie parle ils font encore en fuite,
Et penfent tous auoir vn Lelie à leur fuite.

MASCARILLE.

Le traiftre ne fçait pas que cét Egyptien
Eft defia là dedans pour luy rauir fon bien.

ERGASTE.

Adieu, certaine affaire à te quitter m'oblige.

MASCARILLE.

Ouy, ie fuis ftupefait de ce dernier prodige;
On diroit, & pour moy, i'en fuis perfuadé,
Que ce demon broüillon dont il eft poffedé,
Se plaife à me brauer, & me l'aille conduire
Par tout où fa prefence eft capable de nuire.
Pourtant, ie veux pourfuiure, & malgré tous ces coups,
Voir qui l'emportera de ce diable, ou de nous :
Celie eft quelque peu de noftre intelligence,
Et ne voit fon depart qu'auecque repugnance;
Ie tafche à profiter de cette occafion :
Mais ils viennent; fongeons à l'execution.
Cette maifon meublée eft en ma bien feance,
Ie puis en difpofer auec grande licence;
Si le fort nous en dit, tout fera bien reglé,
Nul que moy ne s'y tient, & i'en garde la clé.
O! Dieu, qu'en peu de temps on a veu d'aduantures!
Et qu'vn fourbe eft contraint de prendre de figures!

SCENE II.

Celie, Andres.

ANDRES.

Vous le fçauez, Celie, il n'eft rien que mon cœur
N'ait fait, pour vous prouuer l'excez de fon ardeur;
Chez les Venitiens, dés vn affez ieune âge,
La guerre en quelque eftime auoit mis mon courage,
Et i'y pouuois vn iour, fans trop croire de moy,
Pretendre en les feruant, vn honorable employ :
Lors qu'on me vit pour vous oublier toute chofe,

Et que le prompt effet d'vne metamorphofe,
Qui fuiuit de mon cœur le foudain changement,
Parmy vos compagnons, fçeut ranger voftre Amant.
Sans que mille accidents, ni voftre indifference,
Ayent pù me détacher de ma perfeuerance :
Depuis, par vn hafard, d'auec vous feparé,
Pour beaucoup plus de temps que ie n'euffe auguré,
Ie n'ay pour vous rejoindre épargné temps ny peine :
Enfin, ayant trouué la vieille Egyptienne,
Et plain d'impatience aprenant voftre fort,
Que pour certain argent qui leur importoit fort,
Et qui de tous vos gens détourna le naufrage,
Vous auiez en ces lieux efté mife en oftage :
I'accours vite y brifer ces chaînes d'intereft,
Et receuoir de vous les ordres qu'il vous plaift :
Cependant on vous voit vne morne trifteffe,
Alors que dans vos yeux doit briller l'allegreffe :
Si pour vous la retraitte auoit quelques appas,
Venife, du butin fait parmy les combats,
Me garde pour tous deux, dequoy pouuoir y viure,
Que fi, comme deuant, il vous faut encor fuiure
I'y confens, & mon cœur n'ambitionnera
Que d'eftre auprés de vous tout ce qu'il vous plaira.

CELIE.

Voftre zele, pour moy, vifiblement éclate ;
Pour en paroiftre trifte, il faudroit eftre ingrate ;
Et mon vifage auffi par fon émotion,
N'explique point mon cœur en cette occafion ;
Vne douleur de tefte y peint fa violence,
Et, fi i'auois fur vous quelque peu de puiffance,
Noftre voyage, au moins, pour trois ou quatre iours,
Attendroit que ce mal euft pris vn autre cours.

ANDRES.

Autant que vous voudrez, faites qu'il fe differe,
Toutes mes volontez ne buttent qu'à vous plaire;
Cherchons vne maifon à vous mettre en repos,
L'efcriteau que voicy s'offre tout à propos.

SCENE III.

Mafcarille, Celie, Andres.

ANDRES.

Seigneur Suiffe, eftes-vous de ce logis le maiftre?

MASCARILLE.

Moy, pour ferfir à fous.

ANDRES.

       Pourrons-nous y bien eftre?

MASCARILLE.

Ouy, moy pour d'eftrancher chappon champre garny;
Mais ché non point locher te gent te mefchant vy.

ANDRES.

Ie croy voftre maifon franche de tout ombrage.

MASCARILLE.

Fous nouuiau dans fti fil, moy foir à la fiffage.

ANDRES.

Ouy.

MASCARILLE.

     La matame eft-il mariage al montfieur?

ANDRES.

Quoy?

MASCARILLE.

S'il eître fon fame, ou s'il eître fon fœur?

ANDRES.

Non.

MASCARILLE.

Mon foy, pien choly: finir pour marchandiffe.
Ou pien pour temanter à la palais chouftice?
La procez, il fault rien, il coufter tant tarchant.
La procurair larron, la focat pien mefchant.

ANDRES.

Ce n'eft pas pour cela.

MASCARILLE.

Fous tonc mener fti file.
Pour fenir pourmener, & recarter la file?

ANDRES.

Il n'importe. Ie fuis à vous dans vn moment,
Ie vay faire venir la vieille promptement,
Contremander auffi noftre voiture prefte.

MASCARILLE.

Ly ne porte pas pien?

ANDRES.

Elle a mal à la teíte.

MASCARILLE.

Moy, chauoir de pon fin, & de fromage pon;
Entre fous, entre fous, dans mon petit maiffon.

SCENE IV.

Lelie, Andres.

LELIE.

Quelque foit le tranfport d'vne ame impatiente,
Ma parole m'engage à refter en attente;
A laiffer faire vn autre, & voir fans rien ofer,
Comme de mes deftins le Ciel veut difpofer.
Demandiez-vous quelqu'vn dedans cette demeure?

ANDRES.

C'eft vn logis garny que i'ay pris tout à l'heure.

LELIE.

A mon pere pourtant, la maifon appartient,
Et mon valet la nuit, pour la garder s'y tient.

ANDRES.

Ie ne fçay, l'efcriteau marque au moins qu'on la loüe :
Lifez.

LELIE.

Certes, cecy me furprend, ie l'aduoüe;
Qui diantre l'auroit mis? & par quel intereft?...
Ah! ma foy, ie deuine à peu prés ce que c'eft :
Cela ne peut venir que de ce que i'augure.

ANDRES.

Peut-on vous demander quelle eft cette aduanture?

LELIE.

Ie voudrois à tout autre en faire vn grand fecret;
Mais, pour vous, il n'importe, & vous ferez difcret;
Sans doute, l'efcriteau que vous voyez paroiftre,

Comme ie conjecture, au moins ne fçauroit eſtre.
Que quelque inuention du valet que ie dy.
Que quelque nœud ſubtil qu'il doit auoir ourdy,
Pour mettre en mon pouuoir certaine Egyptienne,
Dont i'ay l'âme piquée, & qu'il faut que i'obtienne:
Ie l'ay deſia manquée, & meſme pluſieurs coups.

ANDRES.

Vous l'appellez?

LELIE.

  Celie.

ANDRES.

    Hé! que ne diſiez-vous!
Vous n'auiez qu'à parler; ie vous aurois ſans doute,
Eſpargné tous les ſoins que ce projet vous couſte.

LELIE.

Quoy? vous la connoiſſez?

ANDRES.

    C'eſt moy, qui maintenant
Viens de la racheter.

LELIE.

  O! diſcours ſurprenant!

ANDRES.

Sa ſanté de partir ne nous pouuant permettre,
Au logis que voila ie venois de la mettre:
Et ie ſuis tres-rauy dans cette occaſion,
Que vous m'ayez inſtruit de voſtre intention.

LELIE.

Quoy? i'obtiendrois de vous le bonheur que i'eſpere?
Vous pourriez?...

ANDRES.

  Tout à l'heure on va vous ſatisfaire.

LELIE.

Que pourray-ie vous dire? & quel remerciment?...

ANDRES.

Non, ne m'en faites point, ie n'en veux nullement.

SCENE V.

Mafcarille, Lelie, Andres.

MASCARILLE.

Et bien! ne voila pas mon enragé de maiftre!
Il nous va faire encor quelque nouueau biffeftre.

LELIE.

Sous ce crotefque habit, qui l'auroit reconnu?
Aproche, Mafcarille, & fois le bien venu.

MASCARILLE.

Moy fouis ein chant honneur, moy non point Maquerille,
Chay point fentre chamais le fame ny le fille.

LELIE.

Le plaifant baragoüin! il eft bon, fur ma foy.

MASCARILLE.

Alle fous pourmener, fans toy rire te moy.

LELIE.

Va, va, leue le mafque, & reconnoy ton maiftre.

MASCARILLE.

Partieu, tiaple, mon foy iamais toy chay connoiftre.

LELIE.

Tout eft accommodé, ne te déguife point.

MASCARILLE.

Si toy point en aller, chay paille ein cou te point.

LELIE.

Ton iargon Allemand eſt ſuperflu, te dis-ie;
Car nous ſommes d'accord, & ſa bonté m'oblige:
I'ay tout ce que mes vœux luy pouuoient demander,
Et tu n'as pas ſujet de rien aprehender.

MASCARILLE.

Si vous eſtes d'accord par vn bonheur extréme.
Ie me deſſuiſſe donc, & redeuiens moy-meſme.

ANDRES.

Ce valet vous ſeruoit auec beaucoup de feu;
Mais ie reuiens à vous, demeurez quelque peu.

LELIE.

Et bien, que diras-tu?

MASCARILLE.

      Que i'ay l'ame rauie,
De voir d'vn beau ſuccez noſtre peine ſuiuie.

LELIE.

Tu faignois à ſortir de ton déguiſement?
Et ne pouuois me croire en cét éuenement.

MASCARILLE.

Comme ie vous connois, i'eſtois dans l'épouuante,
Et treuue l'auanture auſſi fort ſurprenante.

LELIE.

Mais, confeſſe qu'enfin, c'eſt auoir fait beaucoup;
Au moins, i'ay reparé mes fautes à ce coup,
Et i'auray cét honneur d'auoir finy l'ouurage.

MASCARILLE.

Soit, vous aurez eſté bien plus heureux que ſage.

SCENE VI.

Celie, Mafcarille, Lelie, Andres.

ANDRES.

N'eſt-ce pas là l'objet dont vous m'auez parlé?

LELIE.

Ah! quel bonheur au mien pourroit eſtre égalé!

ANDRES.

Il eſt vray, d'vn bien fait ie vous ſuis redeuable,
Si ie ne l'avoüois, ie ferois condamnable:
Mais enfin, ce bien-fait auroit trop de rigueur,
S'il falloit le payer aux dépens de mon cœur;
Iugez donc le tranſport où ſa beauté me iette,
Si ie dois à ce prix vous acquitter ma dette;
Vous eſtes genereux, vous ne le voudriez pas,
Adieu pour quelques iours, retournons ſur nos pas.

MASCARILLE.

Ie ris, & toutefois ie n'en ay guere enuie,
Vous voila bien d'accord, il vous donne Celie.
Et... Vous m'entendez bien.

LELIE.

             C'eſt trop, ie ne veux plus
Te demander pour moy de ſecours ſuperflus;
Ie ſuis vn chien, vn traiſtre, vn bourreau deteſtable!
Indigne d'aucun ſoin, de rien faire incapable.
Va, ceſſe tes efforts pour vn malencontreux,
Qui ne ſçauroit ſouffrir que l'on le rende heureux!

Apres tant de malheurs, apres mon imprudence,
Le trefpas me doit feul prefter fon affiftance.

MASCARILLE.

Voila le vray moyen d'acheuer fon deftin;
Il ne luy manque plus que de mourir, enfin,
Pour le couronnement de toutes fes fottifes;
Mais en vain fon dépit pour fes fautes commifes,
Luy fait licencier mes foins & mon appuy;
Ie veux, quoy qu'il en foit, le feruir malgré luy,
Et deffus fon lutin obtenir la victoire:
Plus l'obftacle eft puiffant, plus on reçoit de gloire,
Et les difficultez dont on eft combattu,
Sont les dames d'atour qui parent la vertu.

SCENE VII.

Mafcarille, Celie.

CELIE.

Quoy que tu vueilles dire, & que l'on fe propofe,
De ce retardement i'attens fort peu de chofe;
Ce qu'on voit de fuccez peut bien perfuader,
Qu'ils ne font pas encor fort prés de s'accorder,
Et ie t'ay defia dit qu'vn cœur comme le noftre,
Ne voudroit pas pour l'vn faire iniuftice à l'autre;
Et que tres-fortement, par de differents nœuds,
Ie me trouue attachée au party de tous deux:
Si Lelie a pour luy l'amour & fa puiffance,
Andres pour fon partage a la reconnoiffance,
Qui ne fouffrira point que mes penfers fecrets,

Confultent iamais rien contre fes interefts :
Ouy, s'il ne peut auoir plus de place en mon ame,
Si le don de mon cœur ne couronne fa flâme,
Au moins, dois-ie ce prix à ce qu'il fait pour moy,
De n'en choifir point d'autre au mépris de fa foy,
Et de faire à mes vœux autant de violence,
Que i'en fais aux defirs qu'il met en éuidence :
Sus ces difficultez qu'oppofe mon deuoir,
Iuge ce que tu peux te permettre d'efpoir.

MASCARILLE.

Ce font, à dire vray, de tres-fâcheux obftacles,
Et ie ne fçay point l'art de faire des miracles :
Mais ie vais employer mes efforts plus puiffants,
Remuer terre & Ciel, m'y prendre de tout fens,
Pour tafcher de trouuer vn biais falutaire ;
Et vous diray bien-toft ce qui fe pourra faire.

SCENE VIII.

Celie, Hypolite.

HYPOLITE.

Depuis voftre feiour, les Dames de ces lieux,
Se plaignent iuftement des larcins de vos yeux ;
Si vous leur dérobez leurs conqueftes plus belles,
Et de tous leurs Amants faites des infidelles.
Il n'eft guere de cœurs qui puiffent échapper
Aux traits, dont à l'abord vous fçauez les frapper ;
Et mille libertez à vos chaînes offertes,
Semblent vous enrichir chaque iour de nos pertes.

Quant à moy, toutefois ie ne me plaindrois pas,
Du pouuoir abfolu de vos rares appas;
Si lors que mes Amants font deuenus les voſtres,
Vn feul m'euſt confolé de la perte des autres:
Mais qu'inhumainement vous me les oftiez tous.
C'eſt vn dur procedé, dont ie me plains à vous.

                    CELIE.

Voila d'vn air galand faire vne raillerie;
Mais, épargnez vn peu celle qui vous en prie:
Vos yeux, vos propres yeux, fe connoiſſent trop bien.
Pour pouuoir de ma part redouter iamais rien;
Ils font fort aſſeurez du pouuoir de leurs charmes,
Et ne prendront iamais de pareilles allarmes.

                  HYPOLITE.

Pourtant, en ce difcours ie n'ay rien auancé,
Qui dans tous les efprits ne foit defia paſſé;
Et, fans parler du reſte, on fçait bien que Celie
A caufé des defirs à Leandre & Lelie.

                    CELIE.

Ie croy, qu'eſtant tombez dans cét aueuglement.
Vous vous confoleriez de leur perte aifément,
Et trouueriez pour vous l'amant peu fouhaitable.
Qui d'vn fi mauuais choix fe trouueroit capable.

                  HYPOLITE.

Au contraire, i'agis d'vn air tout different,
Et trouue en vos beautez vn merite fi grand;
I'y voy tant de raifons capables de deffendre
L'inconſtance de ceux qui s'en laiſſent furprendre.
Que ie ne puis blâmer la nouueauté des feux,
Dont enuers moy Leandre a pariuré fes vœux;

Et le vay voir tantoſt, ſans haine & ſans colere,
Ramené ſous mes loix par le pouuoir d'vn pere.

SCENE IX.

Maſcarille, Celie, Hypolite.

MASCARILLE.

Grande! grande nouuelle, & ſuccez ſurprenant!
Que ma bouche vous vient annoncer maintenant.

CELIE.

Qu'eſt-ce donc?

MASCARILLE.

Eſcoutez, voicy ſans flatterie...

CELIE.

Quoy?

MASCARILLE.

La fin d'vne vraye & pure Comedie;
La vieille Egyptienne à l'heure meſme...

CELIE.

Et bien?

MASCARILLE.

Paſſoit dedans la place, & ne ſongeoit à rien,
Alors qu'vne autre vieille aſſez defigurée,
L'ayant de prés, au nez, long-temps conſiderée,
Par vn bruit enroüé de mots iniurieux,
A donné le ſignal d'vn combat furieux :
Qui pour armes, pourtant, mouſquets, dagues, ou fléches,
Ne faiſoit voir en l'air que quatre griffes ſeches ;
Dont ces deux combattans s'efforçoient d'arracher,

Ce peu que fur leurs os les ans laiffent de chair :
On n'entend que ces mots, chienne, louue, bagace ;
D'abord leurs fcoffions ont volé par la place,
Et laiffant voir à nud deux teftes fans cheueux,
Ont rendu le combat rifiblement affreux.
Andres, & Trufaldin, à l'éclat du murmure,
Ainfi que force monde, accourus d'aduanture,
Ont, à les décharpir, eu de la peine affez,
Tant leurs efprits eftoient par la fureur pouffez :
Cependant que chacune apres cette tempefte,
Songe à cacher aux yeux la honte de fa tefte,
Et que l'on veut fçauoir qui caufoit cette humeur,
Celle qui la premiere auoit fait la rumeur,
Malgré la paffion dont elle eftoit émeuë,
Ayant fur Trufaldin tenu long-temps la veuë ;
C'eft vous, fi quelque erreur n'abufe icy mes yeux,
Qu'on m'a dit qui viuiez inconnu dans ces lieux,
A-t'elle dit tout haut, ô ! rencontre opportune !
Ouy, Seigneur Zanobio Ruberty, la fortune
Me fait vous reconnoiftre, & dans le mefme inftant.
Que pour voftre intereft ie me tourmentois tant :
Lors que Naples vous vit quitter voftre famille,
I'auois, vous le fçauez, en mes mains voftre fille,
Dont i'éleuois l'enfance, & qui par mille traits,
Faifoit voir dés quatre ans fa grace & fes attraits ;
Celle que vous voyez, cette infame forciere,
Dedans noftre maifon fe rendant familiere,
Me vola ce threfor. Helas ! de ce malheur
Voftre femme, ie croy, conçeut tant de douleur,
Que cela feruit fort pour auancer fa vie :
Si bien qu'entre mes mains cette fille rauie,
Me faifant redouter un reproche fâcheux,

Ie vous fis annoncer la mort de toutes deux :
Mais il faut maintenant, puifque ie l'ay connuë,
Qu'elle faffe fçauoir ce qu'elle eft deuenuë ;
Au nom de Zanobio Ruberty, que fa voix,
Pendant tout ce recit repetoit plufieurs fois,
Andres, ayant changé quelque temps de vifage,
A Trufaldin furpris, a tenu ce langage.
Quoy donc ! le Ciel me fait trouuer heureufement,
Celuy que iufqu'icy i'ay cherché vainement !
Et que i'auois pû voir, fans pourtant reconnoiftre
La fource de mon fang, & l'autheur de mon eftre !
Ouy, mon pere, ie fuis Horace voftre fils,
D'Albert qui me gardoit les iours eftant finis,
Me fentant naiftre au cœur d'autres inquietudes,
Ie fortis de Bologne, & quittant mes eftudes,
Portay durant fix ans mes pas en diuers lieux,
Selon que me pouffoit vn defir curieux ;
Pourtant, apres ce temps, vne fecrette enuie
Me preffa de reuoir les miens, & ma patrie ;
Mais dans Naples, helas ! ie ne vous trouuay plus,
Et n'y fçeus voftre fort que par des bruits confus :
Si bien, qu'à voftre quefte ayant perdu mes peines,
Venife pour vn temps borna mes courfes vaines ;
Et i'ay vefcu depuis, fans que de ma maifon,
I'euffe d'autres clartez que d'en fçauoir le nom.
Ie vous laiffe à iuger, fi pendant ces affaires,
Trufaldin reffentoit des tranfports ordinaires.
Enfin, pour retrancher ce que plus à loifir,
Vous aurez le moyen de vous faire éclaircir,
Par la confeffion de voftre Egyptienne,
Trufaldin maintenant vous reconnoift pour fienne ;
Andres eft voftre frere, & comme de fa fœur

Il ne peut plus fonger à fe voir poffeffeur.
Vne obligation qu'il pretend reconnoiftre,
A fait qu'il vous obtient pour époufe à mon maiftre ;
Dont le pere témoin de tout l'euenement,
Donne à cette himenée vn plain confentement ;
Et pour mettre vne ioye entiere en fa famille,
Pour le nouuel Horace a propofé fa fille.
Voyez que d'incidens à la fois enfantez.

CELIE.

Ie demeure immobile à tant de nouueautez.

MASCARILLE.

Tous viennent fur'mes pas, hors les deux championnes,
Qui du combat encor remettent leurs perfonnes :
Leandre eft de la troupe, & voftre pere auffi :
Moy, ie vais aduertir mon maiftre de cecy ;
Et que lors qu'à fes vœux on croit le plus d'obftacle,
Le Ciel en fa faueur produit comme vn miracle.

HYPOLITE.

Vn tel rauiffement rend mes efprits confus,
Que pour mon propre fort ie n'en aurois pas plus.
Mais les voicy venir.

SCENE X.

Trufaldin, Anfelme, Pandolfe, Andres,
Celie, Hypolite.

TRVFALDIN.

Ah ! ma fille.

CELIE.

Ah ! mon pere.

TRVFALDIN.

Sçais-tu defia comment le Ciel nous eft profpere ?

CELIE.

Ie viens d'entendre icy ce fuccez merueilleux.

HYPOLITE *à Leandre.*

En vain vous parleriez pour excufer vos feux,
Si i'ay deuant les yeux ce que vous pouuez dire.

LEANDRE.

Vn genereux pardon eft ce que ie defire ;
Mais i'attefte les Cieux, qu'en ce retour foudain
Mon pere fait bien moins que mon propre deffein.

ANDRES *à Celie.*

Qui l'auroit iamais crû que cette ardeur fi pure,
Peuft eftre condamnée vn iour par la nature ?
Toutefois, tant d'honneur la fçeut toufiours regir,
Qu'en y changeant fort peu, ie puis la retenir.

CELIE.

Pour moy, ie me blafmois, & croyois faire faute,
Quand ie n'auois pour vous qu'vne eftime tres-haute ;
Ie ne pouuois fçauoir quel obftacle puiffant
M'arreftoit fur vn pas fi doux & fi gliffant,
Et deftournoit mon cœur de l'adueu d'vne flâme,
Que mes fens s'efforçoient d'introduire en mon ame.

TRVFALDIN.

Mais en te recouurant, que diras-tu de moy,
Si ie fonge auffi-toft à me priuer de toy,
Et t'engage à fon fils fous les loix d'himenée ?

CELIE.

Que de vous maintenant dépend ma deftinée.

SCENE XI.

Trufaldin, Mafcarille, Lelie, Anfelme,
Pandolfe, Celie,
Andres, Hypolite, Leandre.

MASCARILLE.

Voyons fi voftre diable aura bien le pouuoir
De détruire à ce coup vn fi folide efpoir ;
Et fi contre l'excez du bien qui vous arriue,
Vous armerez encor votre imaginatiue.
Par vn coup impreueu des deftins les plus doux.
Vos vœux font couronnez, & Celie eft à vous.

LELIE.

Croiray-ie que du Ciel la puiffance abfoluë ?...

TRVFALDIN.

Ouy, mon gendre, il eft vray.

PANDOLFE.

La chofe eft refoluë.

ANDRES.

Ie m'acquitte par là de ce que ie vous dois.

LELIE *à Mafcarille.*

Il faut que ie t'embraffe & mille & mille fois,
Dans cette ioye...

MASCARILLE.

Ahi, ahi, doucement, ie vous prie.
Il m'a prefque eftouffé, ie crains fort pour Celie.

Si vous la careſſez auec tant de tranſport :
De vos embraſſemens on ſe paſſeroit fort.

TRVFALDIN à Lelie.

Vous ſçauez le bonheur que le Ciel me renuoye ;
Mais puis qu'vn meſme iour nous met tous dans la ioye,
Ne nous ſeparons point qu'il ne ſoit terminé,
Et que ſon pere auſſi nous ſoit viſte amené.

MASCARILLE.

Vous voila tous pourueus ; n'eſt-il point quelque fille,
Qui puſt accommoder le pauure Maſcarille ;
A voir chacun ſe ioindre à ſa chacune icy,
I'ay des demangeaiſons de mariage auſſi.

ANSELME.

I'ay ton fait.

MASCARILLE.

     Allons donc ; & que les Cieux proſperes
Nous donnent des enfans dont nous ſoyons les peres.

FIN.

www.ingramcontent.com/pod-product-compliance
Lightning Source LLC
LaVergne TN
LVHW021730170726
843503LV00004B/1481